宮渕青嵐

みやぶちせいらん

イケメンでサブカル好きな好青年。
その容姿から女子にもモテるが、
本人は純也たちと騒いでいる方が楽しいと感じている。

SCENE 2 #号泣のワケは……？
「……う……ふぇぇ……うぇぇぇぇぇぇ……
うわあああああああああんッ！
そんなの……ひどすぎるよぉっ！」

古賀純也
こがじゅんや

「恋愛よりも友人」がモットー。
――だったのだが、
夜瑠とただならぬ関係に。

成嶋夜瑠
なるしまよる

グループ内では内向的で、
引っ込み事案な女の子
……けど本当の姿は別にあって――？

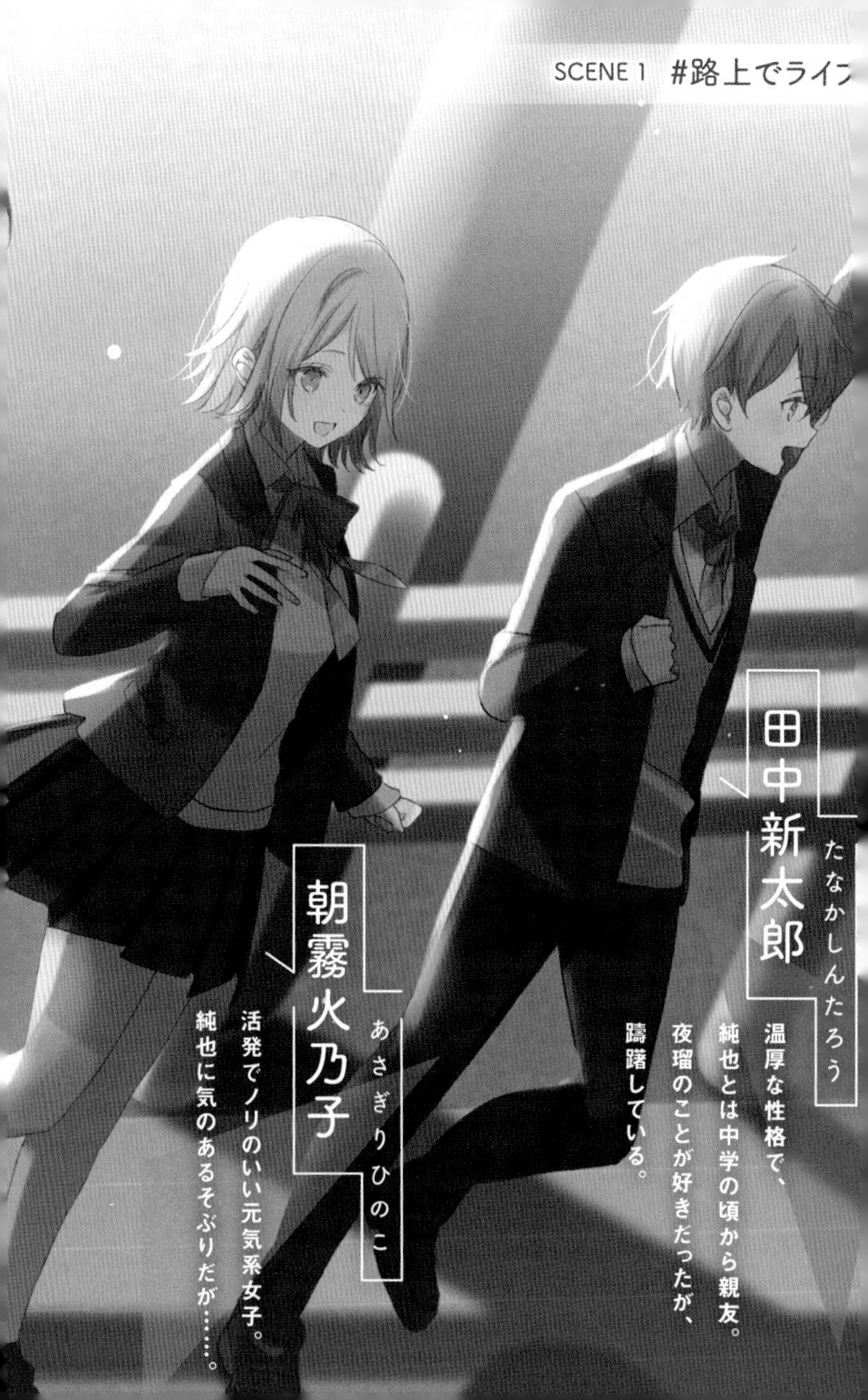

田中新太郎
たなかしんたろう
温厚な性格で、
純也とは中学の頃から親友。
夜瑠のことが好きだったが、
躊躇している。

朝霧火乃子
あさぎりひのこ
活発でノリのいい元気系女子。
純也に気のあるそぶりだが……。

「で、あたしが古賀くんを呼び出した理由なんだけどね」

CENE 3　#夕暮れ時の文化祭で

友達の後ろで君とこっそり手を繋ぐ。
誰にも言えない恋をする

2

真代屋秀晃

illust. みすみ

プロローグ

これは少し歪んだ形で大人になっていく、俺たち子どものまっすぐな物語。

「偉大なるドラマー、ジョン・ボーナムはこうやって素手でドラムを叩いたわけよ」

親友の宮渕青嵐がそう言いながら、中空で両手をばたばた動かし始めた。

たぶん文脈からして想像上のドラムセットを叩いてるんだろうけど、そのジョンなんたらってドラマーを知らない俺からすれば、必死でハエを追い払ってるアホにしか見えない。

「な、かっけーだろ？　つーわけで純也。お前、ドラムやってみね？」

「やらねーよ」

適当にあしらった俺は焼きそばパンをかじりつつ、でっかい空を仰ぎ見た。

九月下旬の秋空は雲一つない澄んだ青。

今日も日差しは強くて、まだまだ夏服でも問題なし。校舎裏手から吹き付けてくる山風が、屋上で昼メシを食っている俺たちを適度に冷やしてくれていた。

　田舎町にあるこの美山樹台高校は、屋上が開放された憩いの場になっている。昼休みはいつもそこのベンチ&テーブルセットで昼飯を食うのが、俺たちの日常だ。

「なあ、お前はどうよ新太郎？　ちっとは興味あるよな、ドラム？」

　青嵐がテーブルの正面に座っていたもう一人の親友に顔を向ける。

　長身でガタイのいい青嵐とは対照的に、その小柄で童顔の男、田中新太郎は持参の弁当をパクつきながら、

「僕も無理だって。だいたい素人が一ヶ月そこらで叩けるようになるわけないでしょ」


　宮渕青嵐。

　田中新太郎。

　そして俺こと、古賀純也。

　俺たち三人は中学時代からの腐れ縁。なにをするにも一緒だった親友同士。

　そして――――。


「ちーっす！　なになに青嵐くん、まだバンドメンバー探してんの～？」

「あはは……だ、誰かいい人、見つかった……？」

いつもの女子二人組もやってきた。

青嵐がため息混じりで首を振る。

「や、それが全然。つか別に女子でもいいからよ、お前らも誰かアテいねーか？」

二人のうち、髪の短いほうの女子が紙パックのジュースを啜りながら答えた。

「いたらとっくに紹介してるって。てゆかさ、ドラムならあたしがやったげよっか？　これでも一応、小学校のときはシンバルやったこともあるんだよね」

彼女は朝霧火乃子さん。足がやたら長く、女子にしては高身長で、出るところはきちんと出ているモデル体型の女の子。ただでさえ整った顔立ちにはうっすらメイクも載せていて、すごく大人っぽい美人なんだけど。

「ははっ。朝霧さんにドラムは無理だろ。リズム感皆無なのは音ゲーで証明済みだし」

俺が茶化すようにそう言ったら、朝霧さんは紙パックのジュースをテーブルに置いて、

「ちゃんちゃかちゃかちゃか、ちゃんちゃかちゃかちゃか……ぱぁーんっ！」

運動会とかでも定番のクラシック曲『カルメン』（だったっけ？）を口ずさみながら、俺の頬を両手で思いっきり挟み込んできた。気持ちのいい乾いた音が、屋上全体にこだまする。

「痛ってぇッ！　なにすんだよっ⁉」

「くそ失礼な古賀くんに、あたしのシンバルの腕前を見せてあげようと思って。どう？　リズ

ミカルかつ、ダイナミックな演奏っしょ？　ちゃんちゃかちゃかちゃかちゃか……」

「わ、わかったから、もういいってば……そのシンバルで世界狙えるといいな」

こんな感じで、朝霧さんはとにかく元気。「おとなしくしてたらかわいい」とか言われてしまうタイプの女の子。俺的にはこの男友達みたいなノリのほうが、接しやすくていいと思う。

「あはは……い、今、すごくいい音、鳴ったね……？」

もう一人の女子が控えめな笑顔を俺に向けた。

こっちは成嶋夜瑠さん。胸くらいまで伸びたロングレイヤーの黒髪に、目尻が少し下がった気弱そうな大きな瞳。制服の白ブラウスの下では、隠しきれない巨大な胸が必死に自己主張していらっしゃる。身長の低いチビ巨乳ってやつ。

「なあ。成嶋は誰か知り合いにいねーの？　ドラム叩ける奴」

「う……えと……わ、私、みんな以外に、友達いないから……力になれなくて、ごめんね」

社交的で明るい朝霧さんとは対照的に、成嶋さんは引っ込み思案で内向的な女の子。

――ってことになっている。

俺だってこの夏までは、そう信じて疑わなかった。

俺、青嵐、新太郎の男三人は中学時代からの付き合いで。

高校に進学してからは、そこに朝霧さんと成嶋さんの女子二人が加わって。

親友五人組になった。

まだこの五人になって半年くらいだけど、もうずっと昔からの馴染みのような温度感。

男女の別なんて関係なく、気兼ねなくみんな平等に過ごせる最高の仲間たち。

そんな親友五人組の関係は、夏が過ぎた今でも何一つ変わってない。

確かに、間違いなく、変わってないいんだけど——。


「————くすっ」

成嶋さんが俺を見て、一瞬だけ笑った。

たぶん俺がほっぺたを「ぱあん！」ってされたことに対する、思い出し笑い。

それは決して気弱な笑みじゃなく、どこか嗜虐に満ちたSっ気のある笑み。

男を虜にしてしまうような、恐ろしく魅力ある小悪魔的な笑い方。

その笑顔は本当に一瞬だけだったんで、きっと俺以外の誰も気づいていない。

そしてこの親友五人組には、もうすでに歪な要素が介入していることにだって、当事者以外は誰も気づいていない。


青嵐が盛大にため息をついた。

「あーあ……文化祭はバンドで大活躍しようと思ったのに、やっぱムズいかー……」

「そうそう文化祭な！　もうめっちゃ楽しみじゃね⁉」

俺は大声で乗っかった。

頭によぎった不安を、でかい声で払拭（ふっしょく）したかったんだ。

「やっぱクラスの出し物は模擬店やりたいよな⁉　たこ焼き屋とかクレープ屋とか、なんでもいいけど、みんなで店やるとか絶対青春じゃん⁉」


――神様どうかお願いです。


「わかるわかる！　あたし的にはメイド喫茶とかやってみたいんすけど！　ね、夜瑠？」

「え、ええ？　うう……メイド服はさすがに……ちょっと、恥ずかしいなあ……」


――勝手なお願いなのはわかっています。


「つかよ、メイド喫茶なら女子だけじゃなくて、新太郎にもメイド服とか着せたら超盛り上がるんじゃやね？」

「なんで僕を名指しなんだよっ！」

「そーそー。だったら青嵐くんもメイド服着ろ。メイクはあたしらがやったる」

「あはは……た、確かにメイドの青嵐くんって、一部の人たちには、需要あるかもだね……」

「お、成嶋てめ、一部っつったな？　俺がクラス最強の人気メイドになったら覚えてろ？」


——どうかこの親友五人組の平穏な関係が、これからも続きますように。


「よっしゃあ！　もう文化祭はいっそ、俺たち全員でメイドになっちゃうか⁉」

俺が声を張り上げると、みんなの冷ややかな目が突き刺さる。

「……純也は一番需要なさそうだなあ」

青嵐のその言葉に、俺以外の全員が冷笑をもって「うんうん」と頷いた。

「失礼すぎるっ⁉」

まだ暖かい秋空の下。

バカみたいに笑い合う男女の親友五人組。

この五人組は俺にとって本当に特別で、心の底から大切な仲間たちだったけれど。

その輪を乱そうとしているのは、誰であろう俺自身で。

きっとその関係が壊れてしまうことを一番恐れているのも、俺自身だった。

季節は秋。
青々しい葉の色が変わって静かに落ちていく、ちょっぴりセンチな季節。
忙しなく移ろう季節のなかで、俺たちはまた少しだけ、歪な大人になっていく。
これは歪んでいるけどまっすぐな、秘密の秋の物語。
秘密で後ろめたくて、誰にも言えない裏切りの物語。
……。
…………小さな恋の、物語。

第一話　逢引

誰も部活をやっていない俺たちは、帰るときもやっぱり五人一緒だ。

田んぼや畑ばかりが目立つ田舎の広い県道を、みんなで固まっててくてく歩く。

「バンド、マジでどうしよっかなあ……」

ため息をついた青嵐が、薄っぺらい通学カバンごと自分の後頭部に両手を添えた。

こいつは軽音部の知り合いから、文化祭のステージでバンドやろうって誘われてるらしい。

その軽音部は全員が幽霊部員かつ、ちゃんと楽器をできる奴もほとんどいないため、ギターが弾ける帰宅部の青嵐に白羽の矢が立ったんだと。

でもドラム担当がまだ見つかってなくて、困ってるそうだ。

「とりあえずその一応軽音部の子が、ベース兼ボーカルなんしょ？　青嵐くんがギターやるなら、あとはもう打ち込みとかでいいじゃん。そーゆーの、できんの？」

と、朝霧さん。

青嵐が「できなくはねーけどなあ」と渋そうに唸ったけど、音楽に疎い俺には、その話題に口を挟む余地がない。

「なあ新太郎。模擬店の件、頼むぞマジで」

「だから僕一人に決められる権限なんかないんだって。模擬店はどのクラスもやりたがってるから、抽選次第だよ」

「あはは……その、ど、どう？　実行委員は大変……？」

青嵐と朝霧さんの後ろで、残りの俺たちはそんな話をしていた。

約一ヶ月半後に迫った美山樹台高校の文化祭。

新太郎はその文化祭の実行委員に選出されていた。自分からそういうのに首を突っ込むタイプじゃないから、当然クラスのくじ引きで。

「まあ、いろいろやることは多いけど、僕なりに楽しんでやってるよ」

前を歩く青嵐が、にやけヅラで振り返る。

「そりゃお前は楽しんでるわなあ～？　あんな美人の先輩とお近づきになれたんだからよ？」

「ちょ、ちょっと青嵐！」

新太郎はなんか慌ててるけど、俺と女子二人にはまったく話が見えていない。

青嵐が小柄な新太郎の頭をわしゃわしゃ撫でながら、俺たちを見た。

「じつは俺、何度か見ちまったんだよな。こいつ最近、同じ実行委員で三年のお姉様と仲良くやってんだよ。なんつったっけ？　小西先輩？」

「だ、だからあの人はそういうのじゃないって言ったろ……！」

「それにしては、ずいぶん親しげだよな～？　お前さっきもその小西先輩と、スマホでこっそりやりとりしてただろ？　なんかハートマークの絵文字とか見えた気がするけどぉ～？」

「ばっ、ばっ……！」

……全然気づかなかった。新太郎にそんな相手がいたなんて。

まあこいつは一部のお姉様方から人気のある温厚型ショタ（こう言えば本人は怒る）だし、年上の先輩女子と仲良くなるのも納得なんだけど。

朝霧さんがオモチャを見つけたような目で新太郎を見た。

「なになに～？　ひょっとして田中くん、恋の季節ってやつ～？」

「う……それは、その……」

「あはは……えと、田中くんはその小西先輩って人、好きだったりするの……？」

成嶋さんも控えめな笑顔で追撃する。

恥ずかしそうに俯いていた新太郎は、こめかみをぽりぽり掻いて、

「…………（こくり）」

遠慮がちに、小さく頷いた。

「うおおおっ⁉　てめコラ、やっと認めたな！　なあこれ超ビッグニュースじゃね⁉」

「てことはついに、あたしらの中で最初の恋人保有者が生まれるんですかっ⁉」

テンション爆上がりした青嵐と朝霧さんが、ハイタッチをしながら跳ね回る。

「あ、あの、そんなにからかったら、田中くんがかわいそうだよ……?」

一応釘を刺した成嶋さんだけど、その顔は青嵐たちと似たり寄ったりだ。

きっとみんな気づいてない。

新太郎は頷く直前、ちらっと一瞬だけ成嶋さんを見たことに。


じつは新太郎は少し前まで、成嶋さんに恋をしていた。告白しようとしていた。

最悪なことに、その告白を止めてしまったのは俺だった。

そのあと俺と新太郎と青嵐の男三人は、「グループ内では彼女を作らない、告白もしない」って誓いを立てることになる。

それが『グループ内では彼女を作らない同盟』こと、略称「GKD」結成の瞬間で――、

「う……っ」

思わず吐き気をもよおして、口元を押さえた。

「どした純也?」

首を傾げた青嵐に、なんでもない、と答える。

もしかしたら新太郎は、今でもまだ成嶋さんのことが好きなのに、別の恋でそれを吹っ切ろ

うとしてるのかもしれない。俺にはわからないし、確認する勇気もないけれど。

「よっしゃあああ！」

ここはみんなのテンションに便乗して、

「明日は休みだし、みんなで新太郎とその小西先輩？　を応援する会議を決行するぞ！」

そんなずるい提案をするしかなかった。

「ええっ？　い、いいよいいよ！　僕は自分でなんとかするから！」

「つかどうせ純也は、明日みんなで遊ぶ口実がほしかっただけだろ」

「あははっ、見抜かれてんねー古賀くん。そんじゃ明日は、お昼の一時に駅前集合でどう？」

「あ、で、でも、田中くんさえよければ、その話もしようね……？」

いつものように騒いでるうちに、いつもの交差点にやってきて。

俺と成嶋さんが立ち止まって、みんなに手を振った。

「じゃあまた明日な」

「そ、その……みんな、ばいばい」

残りの三人も同じように、手を振り返してくれた。

俺と成嶋さんが同じアパートで一人暮らしをしていることは、みんなも知っている。

　でもここから先は、俺たち二人しか知らない秘密のやりとり。

　みんなと別れて、完全に二人きりになった途端、

「んふふ」

　成嶋さんが並んで歩く俺の手をそっと握ってきた。

「……だからさ。こういうのは本当にやめようぜ」

　乱暴にならないように、俺のほうからやんわりと手を離す。

「なんで？　もう誰も見てないよ？　いま私たち二人きりだよ？」

「それでも俺が無理なんだってば」

「手ぇ繋いで帰るだけじゃん。なにが無理なんだよ～」

　成嶋さんはまた手を握ろうとしてきたけど、俺は手を背中に回してそれを避ける。

「うっわ、露骨に避けた！　それ女の子が傷つくやつ！　はい心のDVきました！」

「わ、悪いと思ってるよ」

「じゃあさ、じゃあさ。さっきの火乃子ちゃんみたいに、古賀くんのほっぺた、両手で思いっきり『ぱぁーん！』ってやっていい？　あれ私もすっごいやってみたかったんだよね～」

　学校では決して見せない邪悪な笑顔で、俺の頬を両手でびよんびよん引っ張ってくる。

　ちゃんと止めないと、こいつは本気で俺のほっぺたを『ぱぁーん！』ってやる。問答無用で

思いっきりやる。それが成嶋夜瑠って女の子の正体だ。

「もしくはキスさせてくれるなら、そっちで我慢するけど。どう？　キスしていい？」

「前にも言ったよな。二人きりになっても恋人っぽいことは、もうナシにしようって」

「……聞いたけど」

「殊勝な顔する前に、俺のほっぺた引っ張るのやめろ」

「だって」

「だってじゃねえ。とりあえず離せ。いい加減、痛いわ」

「わかりました。誉れあるクソガキー・キングダムの童貞大王様」

「成嶋さんは余計な一言つけなきゃ気が済まんのか。てかマジで痛いから離して」

やっと俺の頬から指を離してくれた成嶋さんは、唇を尖らせて拗ねていた。

これも学校では――というか、俺以外には絶対に見せない顔だった。


成嶋夜瑠は内向的で引っ込み思案な女の子。

でも俺と二人きりになると、口数の多い性悪ドSおっぱいに変貌する。

つまりみんなの前では、猫かぶってるってわけ。

……まあ本人いわく、別にわざとやってるわけじゃなくて、仲良くしたい人の前では自然とおとなしくなってしまうらしいんだけど。

俺の前でだけ本性（性悪いじめっ子キャラ）を出してくるのは、もともと俺をその「仲良くしたい人」にカテゴライズしてなかったから……だと思う。

成嶋さんにとって俺という存在は、自分の恋路の邪魔をしてくる大嫌いなくそガキ童貞。それであの夏の日、俺をこっそり呼び出したこいつは、本性をさらけだして脅してきた。

私の邪魔だから、さっさと消えろ──って。

七夕の短冊に書くとかも言われたっけ。『古賀純也が消えますように』って。それも冗談で言ったわけじゃなくて、こいつはたぶん本当に書いた。

ほかにもいろいろ脅迫されたり、ディスられたり。

あの頃の成嶋夜瑠は、もう思い出しただけで怖い。

そんな感じで俺は、一方的に嫌われてるはずだったんだけど。どういうわけか、巡りに巡って──いつしか俺たちは、おたがい好き同士になってしまった。

まあ他人からすれば、わけがわからんわな。俺だって自分でもまだ信じられんし。

それでも俺はあの日、成嶋夜瑠から呪詛のような愛を説かれ、強引にキスをされただけで。あっさりと、笑ってしまうほど簡単に、恋に落ちてしまった。

恋愛よりも友達と過ごす時間が大事。だから彼女なんて作らない。そんな戯言を恥ずかしげもなく豪語していたこの俺が、だ。

あまりにも単純なガキ。厚顔無恥のどすけべ野郎。そんなことはわかってる。

わかってるけど、もうこの気持ちに嘘はつけない。認めるしかない。

俺は間違いなく、成嶋夜瑠が好きだ。

——だけど俺たちは付き合えない。恋人にはなれない。

新太郎は前に俺が言った「今の友達五人組のままがいい」なんて青臭い言葉のせいで、自分から身を引いた。別の恋を探し始めた。

青嵐も含めて男三人、誓ってしまった。もうグループ内に色恋沙汰はもちこまないって。

なのに今さら俺が、「じつは成嶋さんと付き合いたいです」なんて言えると思うか？

無理だろ。

そんなの恥知らずにもほどがある。

だけど成嶋さんは俺と二人きりになると、さっきみたいに手を繋ごうとしてきたり、キスしようとしてきたりする。それに耐えきれなくなった俺はこの間、思い切って「もう恋人みたいなことはやめよう」って伝えたんだ。

伝えたときの成嶋さんは本当に悲しそうな顔をして、見ているだけで胸が痛くなったほど。

そこでこう言われた。

「……じゃあせめて、古賀くんの部屋に夜ご飯を作りに行くだけなら、いい……ですか？」

心底怯えきった涙声で。

俺が曖昧な返事しかできなかったせいで、それ以来、成嶋さんはほぼ毎日、いろんな食材を買い込んできては俺ん家にやってくる。

付き合う勇気もないくせに、通い妻みたいなことを許してんじゃねーよ……って話だよな。

だけど俺は、そこで成嶋さんを突き放せるほど、大人になりきれていなかった。

彼女はこれまで友達がいなくて、じつはすごく寂しがり屋で……しかも俺が好きになってしまった女の子なんだぞ。そんな相手をはっきり拒絶するなんて、できなかったんだよ。

たとえ好きな子でも、相手のためなら突き放すべき。そんな一般論は誰でも知っている。

でも本当に実行できるかどうかは別。それが大人の優しさだって言うなら、俺は一生ガキのままかもしれない。少なくとも今の俺には無理だった。

だから俺は……あまりにも独善的で、本当に申し訳ない気持ちでいっぱいなんだけど。

成嶋さんに料理を作りにきてもらいながら、彼女とはまた普通の友達関係に戻れるよう努力していこう、なんて身勝手なことを考えていたんだ――……。

「なんか今日は……やたらすごくないか？」

俺の部屋の座卓に、二人分の料理が湯気を立てて並んでいた。

さんまの塩焼き。春雨と白菜のツナマヨサラダ。

さらにお吸い物と……茶碗蒸し……ッ！　そしてさらに……ッ！

「松茸ご飯……だと……!?」

その芳しい香りは狭い俺の部屋を蹂躙し、ボロアパートの一室を寝殿造の貴族屋敷に変えてしまう……！　窓の外の小汚い裏庭が、風雅な枯山水にすら見えてくる……ッ！

「むふふ。実家のパパが送ってくれたんだ。まこと、ミヤビであろ？」

「紛うことなき、ミヤビ。春はあけぼの。夏は夜。秋は松茸でありまするな」

座卓で向かい合っている俺たちは、「ミヤビミヤビ」と口にしながら上半身だけで舞をさして、アホな平安貴族ごっこを楽しんだ。

成嶋さんとのこんなやりとりは、本当にただの親友みたいで、とても楽しい。

「この茶碗蒸しも、まさか自作か？　表面とか、つるんつるんなんだけど」

「もち。結構難しいんだぞこれ。さ、食べよ食べよー」

二人とも手を合わせて「いただきます」をしてから食べ始めた。

料理が得意な成嶋さんの至高のメニューは、なにを食ってもうまかった。

「あ、そういやパパがね。今度和牛も送ってくれるって。古賀くんの部屋ってたこ焼き器しかないし、一緒にホットプレート買っちゃおうか？」

「お、それいいな！　じゃあ今度、二人で焼肉パーティを——」

そこまで口にして、慌てて言い直す。

「──『みんなで』焼肉パーティだな」

成嶋さんも笑顔で頷いてくれる。俺にはそれがありがたかった。

「ねえ古賀くん。みんなで焼肉パーティは大賛成なんだけどさ」

俺のほっぺたにご飯粒がくっついていたらしく、成嶋さんは指で取ってくれた。そこに自分の唇をぱくりとかぶせながら。

「やっぱりまだ、私と付き合うことはできないの？」

「だからそれは」

「でも好きなんでしょ？　私のこと」

ああ、好きだよ。

成嶋さんの怖い部分も含めて、間違いなく好きだよ。

でもそんなのは言えないんだよ……言ったら終わりなんだよ……。

「だから、ね？」

成嶋夜瑠は自分の口元で人差し指を立てると、いたずらっ子の笑みで囁いた。

「みんなには内緒で、もうこっそり付き合っちゃえば、よくない？」

……こういうところが、本当に怖いんだ。

恋愛より友達を大事にしたいっていう俺の価値観が、そのあまりにも魅惑的な誘い文句で粉々に砕かれそうになってることが、なによりも怖いんだ。

「だ、だから……だめだってば……」

「んー。なにがだめなのかなあ？　私たちが恋人になっても黙ってたら、今の五人の空気感はなにも変わらないままなのに」

頰に指を当てて首を傾げる成嶋さん。本当にわからないって顔だった。

「と、とにかく俺は……」

「私はね」

先を制された。奴は真面目な顔でじっと俺を見つめると、

「私、いい加減な気持ちで言ってるんじゃないよ。真剣に古賀くんのこと好きだよ。そうじゃなかったら、こっそり付き合おうなんて言わないよ」

——本当に、こいつは。

歪んでるくせに、まっすぐで……だから困るんだよ。揺れるんだよ。俺の決意が。

「私だって今の五人の関係を壊したくない気持ちは一緒だよ？」

それもわかってる。

成嶋さんは少し前まで、恋愛のためなら友達なんていくらでも切り捨てるって言っていた。

成嶋夜瑠はなによりも恋愛最優先の女の子だったんだ。

だけどこの夏、そんな彼女にも変化があって、恋愛も友達もどっちも『一番』大事って思うようになった。

その結果、辿り着いた答えが、みんなには内緒で付き合うこと。今の五人の温度を維持したまま恋愛もしていくためには、そうするのが最善だってこいつは言ってるんだ。

もちろん成嶋さんは知らない。男三人で『GKD（グループ内では彼女を作らない同盟）』なんてものが結成されたことを。そもそもそんな話をしたところで、成嶋夜瑠はきっと考えを変えない。それこそ「だから黙ってたらいいんだよ」で片付けてしまうだろう。

「あんまりわがまま言うのも悪いと思うけどさ。私、古賀くんがいいよって言ってくれたら、すぐにでも付き合いたいよ？　古賀くんだって、私とキスとかしたいんじゃないの？」

「俺は……別に……」

「あは、ごめん。古賀くんがっていうか、私がしたいの。今だって、すごくキスしたいの我慢してる。でもまだ付き合ってないから、がんばって我慢してる。結構つらいんだぞ？」

「と、とりあえず、ごちそうさま。今日もメシ作ってくれてありがとな」

その濡れた視線に耐えられなくて、さっさと食器を片付けようとしたんだけど。

「んふふ。その困った顔とか……もうほんと……ふふ……………したいなあ……」

ものすごく怖い笑顔を向けられたもんだから、食器を落としそうになった。

こっちはなんとか普通の友達に戻りたいって思ってるのに、そんな目で見ないでくれ。

「きょ、今日は俺が食器洗うから、成嶋さんはゆっくりしててくれていいぞ」

「……あとは古賀くん次第なんだけどなあ……はあ……」

ため息をついた成嶋さんも、やっぱり俺と一緒に洗い物をしてくれた。

こんな逢引は、ただ問題を先送りにしてるだけってことも、当然わかっていた。

だけど俺は結局、恋をしてしまった女の子を完全に拒絶しきれなくて。

その煮え切らない態度のせいで、のちのち五人の関係を余計に歪ませていくことになる。

古賀くんの部屋にご飯を作りに行っていいのは夜だけ。

だからその日の朝も、私は自分の部屋でパンを焼いて、一人で味気なく食べた。

髪を整えて、薄いメイクをして。ローファーを履いたつま先で玄関の床をとんとん叩く。

今日は土曜日で、私たちの学校はお休み。

お昼の一時にいつもの五人で駅前に集合して、遊びに行くことになっている。

……田中くんの恋愛相談で集まろうって話なのに、「遊びに行く」って言うのは失礼かな。

でもこれまで友達がいなかった私は、当然友達の恋愛相談なんて経験もなかったからさ。

正直、ちょっとわくわくしちゃってる。ふふ。

玄関を出てドアに鍵をかけて、隣の古賀くんの部屋の前を素通りする。

同じアパートのお隣さんなんだから、一緒に出かけたらいいのにって思うけど、古賀くんはできるだけ私と二人きりで外を出歩きたくはないらしい。

もし誰かに見られたら、やましい部分まで見透かされそうだから――だって。

変に構えるほうが怪しまれると思うんだけどなあ。

でもそう言ってもらえるのは、ちょっと嬉しかったりする。だって古賀くんは絶対口に出してはくれないけど、向こうも私のことが好きって言ってるのと同じだから。


――大丈夫だよ。私たちならきっとバレない。

――今となにも変わらない五人組のままで、こっそり付き合っていける。


古賀くんに対する本物の『恋』を自覚して、無理やりキスをしてしまったあの日。

私は彼にそう言った。

初めて友達の大切さを知ってしまい、同時にずっと渇望していた本物の『恋』も識ってしまった私は、もうその方法しかないと思ってる。

大事な友達も大事な恋も捨てられない。だからこっそり古賀くんと付き合っていく。

古賀くんはまだそれに抵抗があるみたいだけど、本当にどうしてなのかわからない。内緒で付き合っちゃえば、今の五人の温度感は何一つ変わらないままなのに。

そんなことを平気で考える私は、やっぱりちょっとおかしいんだろうか？

でも。だったら教えてほしい。私たちはどうするのが正解なのかを……。

昼前から一人で駅前に繰り出した私は、大型のＣＤショップに入って時間を潰した。

ふふ。そういや古賀くん言ってたっけ。「なんで今どきＣＤなんだよ」って。

いいじゃん別に。私はデータ音源よりそっちが好きなんだから。現物で見るアルバムジャケットのカッコ良さとか、コンポにディスクをセットするときの興奮とか、紙のライナーノートの質感とか。もう全部が素敵で絶対おしゃれ。

いつか古賀くんの部屋に小さなコンポを持ち込んで、一緒にＣＤを聴きたいな。

スローバラードのＲ＆Ｂでも、激しいリフのメロコアでも、なんでもいい。

古賀くんの好きな音楽を二人で聴けるなら、なんでも。


「ちょ、朝霧おま、それウケ狙いだよな？　さすがに下手すぎじゃね？」

「むきーっ！　こっちは真剣に……あっ、もうまたミスった！　いま話しかけんなっ！」

「ふっ。やっぱりこの『第六回古賀カップ』も、朝霧さんの最下位で確定か？」

みんなで駅前に集合したあと、私たちはまず近くのゲームセンターに入った。

今はドラム式洗濯機みたいな筐体の音ゲーで、古賀くんと火乃子ちゃんが対戦中。その横で青嵐くんが声援を送っている。

あは、声援っていうか、もはや野次かな。確かに火乃子ちゃん、すごい下手っぴだし。

そんな三人の様子を、私と田中くんは少し後ろのベンチに座って眺めていた。

ちなみに古賀くんが言った「第六回古賀カップ」っていうのは、私たちがゲームセンターでたまにやる五人の総当たり戦。一人ずつ得意なゲームを選んで全員で対戦して、最後に総合順位を決めるっていうものだ。

なんで古賀くんの名前を冠した大会なのかは、未だに謎。

「……ゲーセンに来た時点で、こうなるって思ってたけどさ……はあ……」

私の隣でホットのレモンティーを飲んでいた田中くんが、苦笑いで嘆息した。

そうなんだよね。今日は田中くんの恋愛相談で集まろうって話だったのに、みんなゲームに没頭しちゃってるんだもん。このあとご飯でも食べながらするのかもしれないけど、私としては、早く友達の恋愛話が聞きたかった。

……もうせっかくだし、いま聞いちゃおうかな。

「ねえ、昨日言ってた相手の先輩って、その、どんな人なの……？」

私からそんな話を振られるなんて思ってなかったみたいで、田中くんはちょっと驚いてた。

みんなといるときの私は、口数も少なくて隅っこにいるタイプだから、まあ意外だよね。

「えっと……うん、すごくいい人だよ、小西先輩は」

田中くんは控えめな笑顔で答えてくれた。

「でもなあ、僕のことといろいろ構ってくれるけど、なんていうか、ただの弟みたいに思われてるフシがあるんだよね」

「あはは……田中くんってマスコット的なキャラしてるもんね……あ、その、こ、これはいい意味でだよ？　えと……き、気に障ったら、ごめんね？」

私は人に嫌われたくないと考えるあまり、つい余計なことを言ってしまわないか心配で、いつも声が弱々しくなってしまう。これは昔からの癖だ。

一切気負わずになんでも言えちゃう相手は、古賀くんを含めて本当に少ない。

まあ古賀くんは……最初があれだったし。今さら気を遣う必要もないっていうか。

「気にしてないけど、マスコットかあ。小西先輩にもそう思われてるのかなあ」

「で、でもでも、それは人当たりがいいってことでもあるんだよ？　その、田中くんって話しやすいし、優しいし、落ち着いてるし……絶対モテると、思うけどな……」

もちろん本心。田中くんに限らず、私と仲良くしてくれるみんなは、本当にいい人たちばかりだ。今すぐみんなに彼氏彼女ができても、まったく不思議じゃない。

正直このグループのなかでは、くそガキで童貞大王の古賀くんが一番モテないと思う。そんな鼻垂れ野郎を死ぬほど好きになっちゃうなんて、私もどうかしてるよね。

「じゃあさ、その……」

田中くんが奥歯になにか詰まったみたいに、もごもごしながら言った。

「成嶋さんは僕のこと――男として見れる？」

「え？　うん。もちろん」

だって田中くんは男の子だし。小柄で中性的な顔をしてるけど、ちゃんと男の子だ。

「そっか……はは、成嶋さんにそう言ってもらえると、なんか自信つくよ」

「うん？」

なんで私なんかの言葉で自信がつくのかはわからないけど、とにかく田中くんは元気が出てきたみたい。それならいいことだよね。

「僕、もっと小西先輩と仲良くなれるように、がんばってみるから」

「あはは。その、進展あったら、また聞かせてね」

「おーい新太郎！　次の対戦カードはお前と青嵐だぞーっ！」

火乃子ちゃんとの対戦に決着がついた古賀くんが、こっちに向かって呼びかけてきた。

「……じゃあ行ってくるかな」

レモンティーを飲み干した田中くんが、ベンチから立ち上がる。

「成嶋さん。どうせ純也たちは僕の恋バナなんて興味ないだろうから、また相談に乗ってね」

「うん。私も聞きたい」

笑顔で手を振って、音ゲーの筐体に向かう田中くんを見送った。

「ふふ、友達の恋愛相談ってこういう感じなんだ。楽しいな……」

私は穏やかな気持ちでそう独り言ちてから、気づく。

自分の恋愛相談は、誰にもできないんだなって。


「おし、勝負だぜ新太郎。音ゲーじゃお前には負けねーからな、コラ？」

「残念だけど今の僕は絶好調だからね。今回の古賀カップは優勝を狙うよ！」

「ん〜、どうですか解説の古賀さん。なんだか田中選手は気合が入ってる模様ですが？」

「そうですねえ。選曲は田中選手の得意なアニソンですし、これは青嵐選手も危ういかと」


もうとっくに完成してしまった親友五人組の関係に、恋という成分を加えてまた同じように再構築、なんて不可能だ。

すでにある料理のレシピに新しい調味料を加えて作り直せば、それはもう別の料理になってしまうように。元の味に限りなく近づけることはできるかもしれないけど、完全に同じ味には絶対にならない。

だから私と古賀くんの関係を公表すれば、今とまったく同じ五人組ではいられなくなる。古賀くんはそれを恐れている。今の五人の温度感が変わってしまうことを恐れている。それは私も同じこと。

だから誰にも言えない。相談できない。

じつはもうこの親友五人組の中に『恋』が入っていることは、絶対に知られてはならない。それでも私は古賀くんが好きだから、隠し通しながらもギリギリを攻めるしかない。

別に景品もない古賀カップは、ゲームがやたら得意な古賀くんが今回も優勝して。みんなそれぞれ好きなゲームをやり始めて。各人自由行動みたいな雰囲気になったとき。

私はこっそりと古賀くんの手を引いて、二人だけでゲームセンターの一階に向かった。

「お、おい、どこ連れていく気だよ……!?」

「いいからいいから」

一階フロアを占めているのは、たくさんのプライズゲームの筐体と、プリントシール機。

空いているプリントシール機を適当に見繕って。

その中に古賀くんを無理やりブチ込んで（なぜか古賀くんには、ちょっぴり乱暴なことがしたくなる）、私も中に入ってから、カーテンをさっと閉めた。

二人だけの秘密の空間のできあがり。

「ね？　これ一緒に撮ろ？」

「こんなのみんなで撮れば……」

「それもアリだけど、古賀くんと二人だけで撮ったシールも欲しいの」

だって古賀くん、私と二人きりで出かけることを極力避けようとするから。みんなで来てるときじゃないと、こういう機会は滅多にないんだもん。

「……こんなの、こっそり撮ってるってバレたら……」

「……大丈夫。みんなまだ上の階にいるから。ね、もっとくっつこ？」

私たちは小声でそんなことを囁きあう。

パネルを操作してから、古賀くんの体にぴったりと身を寄せた。

古賀くんはちょっと嫌がってるみたいだったけど、無闇に離れたりはしなかった。

それがとても嬉しい。

「……やばいってこんなの……見つかったらどうすんだよ……」

「……とか言いながら、ドキドキしてるくせに。黙らないとアゴ砕くぞ♪」

カーテンで区切られた狭い密室に二人きり。

しかもみんなに隠れてやってるもんだから、私だってすごくドキドキしてる。

もう幸せで胸がいっぱいだった。

……誰も見てないし、無理やりキスしちゃおうかな。ううん、それはだめ。我慢我慢。

『それでは一枚目、撮りま～す。とっておきの決めポーズしてねっ！　もう決まったかな？』

機械の間延びした音声に対して、古賀くんは苛立っていた。

「いいから早く撮れよ……！　なにチンタラやってんだてめぇ……っ！」

「かわいそうな古賀くん。あのね、これはただの機械で、中に人がいるわけじゃないんだよ」

「あ、そうなんだ。俺はてっきり……って、いいんだよそんなの。焦ってんだこっちは」

「ああ、その困った顔とか……もう……もうすっごい、いじめたくなる～っ！」

「痛てててッ!?　それマジ痛――いあっ！」

古賀くんのほっぺたを両手で思いっきり引っ張ったところで、シャッターが切られた。

「あははははっ！　見てこれ、古賀くんの顔、カエルみたいになってるし！　超おもろ～！」

「成嶋さんのチカラが強いんだよ……俺のほっぺたの展性は無限じゃないんだぞ」

「んふふ。古賀くんの横に『ゲコゲコ』って書いとこ。かわかわ」

「じゃあ俺も成嶋さんに矢印つけて、『ガマ使い』って書いとくな」

私たちはそれぞれペンを使って、プリント前の画像をたくさんデコった。

つい『初デート記念』とか書きそうになったけど、今回はそういうのじゃないからやめた。

落書きを終えた画像がシールになって排出されたところで。

「なんだお前ら。こんなとこにいたんか」

青嵐くんたち三人がやってきた。私は素早くシールを後ろ手に隠す。

「二人でなにしてたん？」

笑顔でそう聞いてきた火乃子ちゃんに、しれっと返す。

「えっと、みんなでシール撮りたいなって思って、いろいろ探してて……」

「あ、それいいね。なんか良さげな機種あるかな～？」

みんなが離れていったところで、げっそり青ざめていた古賀くんに囁く。

「……ありがと。これ一生の宝物にするね。超嬉しい」

「……成嶋さんって心臓強すぎるわ……いま俺、マジで焦ったぞ……」

「……んふふ。あとで古賀くんの部屋に行くから、一緒に切り分けようね」

私はもう、言葉では言い表せないくらい嬉しかった。

古賀くんと二人で写ってるお揃いのシールを手に入れたことが、本当に嬉しかったんだ。

みんなの後ろを追いかけていく古賀くんの背中を見つめながら、私はそのとても大切な宝物を、自分のポーチにそっとしまう。

……本当に好きだよ古賀くん。大好きだよ。

みんなの前では決して言えないその禁句を心で唱えて、私も古賀くんについていった。

このときの私は、みんなに黙っていることが正解なんだと信じて疑わなかった。
実際は今のうちに公言しておけば、歪(ゆが)みは比較的ゆるくて済んだんだと思う。
でもそれに気づくのは、もう少しあとのこと。

五人の関係はすでにこの時点で。
それも私たちの知らないところで。
とても大きく変わろうとしていたことに、私たちはまったく気づいていなかった。

第二話　実家

「……というわけで、僕たち一年二組は、模擬店の抽選に漏れてしまいました」

「んだとコラァァッ⁉」

放課後のホームルーム。

文化祭実行委員の新太郎(しんたろう)が教卓で事情を説明するなり、俺は思わず絶叫していた。

「古賀(こが)くんうるさい」

斜め後ろの席にいる朝霧(あさぎり)さんが、ちぎった消しゴムの欠片(かけら)を投げてきた。

そりゃ叫びたくもなるだろ。模擬店ができなくなったんだぞ？　文化祭っていえば、フツー模擬店じゃね？　青春系のアニメとかマンガでも、文化祭イベントはそれが定番だろ？

……いや、そうとも限らないか。この前新太郎に見せてもらったアニメでは、クラスのみんなで劇をやるってパターンだった。暗くなるまで体育館に残って、舞台稽古をやったり大道具的なもの作ったり。丸めた台本は全員でひとつの舞台を作り上げた青春の象徴で――。

「あと劇の抽選にも漏れました」

「儚い夢ッ⁉」

「だから古賀くんうるさいっての」

今度は消しゴム本体が飛んできた。結構痛かったんで、拾ってや――――るけども。

新太郎の隣で、女子実行委員の堀江さんが黒板に文字を書き始めた。


『モニュメント制作』

『合唱』


「実行委員会の会議の結果、僕ら一年二組はこのどちらかになります」

「その二択ッッ⁉」

「……もうええわ」

呆れ声を出した朝霧さんからは、もうなにも飛んでこなかった。

俺たちのクラスは第一希望の模擬店、第二希望の劇のほかに、第五希望までの要望を出していた。でも実行委員会議の抽選とか、ほかのクラスとの兼ね合いとかで、適当に候補に入れていたその二つのどちらかを選ぶ必要が出てきたらしい。

だったら断然モニュメント制作だろ。なにを作るにしろ、合唱よりは楽しそうだ。

クラスの全員で夕陽が差し込む放課後の教室に残って、「そこのペンキ取って」とか「俺、差し入れ買ってきたよ」とか。まさに青春学園ドラマの風景じゃないか。

……って思ったんだけど、クラスのみなさんは逆の意見だったらしい。

「もう合唱でいいんじゃない？　制作物とかダルそうじゃん」

「だな。ラクなのが一番だって」

そんな消極的な声が優勢で、俺たち一年二組は多数決の結果、合唱に決定してしまった。

だめだこいつら……なにもわかってない。祭りは準備してるときが一番楽しいんだぞ。準備が大変なだけ楽しさ倍増だってのに、なにが「ラクなのが一番」だ。青春なめんな。

……まあ決まった以上は、合唱だって全力で楽しむけども。

「じゃあその伴奏なんだけど、誰かピアノとか弾ける人いませんか？」

議長の新太郎が教室全体を見回す。誰も手が挙がらなかった。

「俺がアコギでやってもいいけど？」

と、青嵐。こういうとき、ギターが弾ける奴は目立っていいよな。

「アコギで伴奏するなら、一本だと物足りないよね。えっと、誰か青嵐以外にもギター弾ける人っていませんか？」

「夜瑠ができるんじゃない？」

朝霧さんがそう言ったんで、隅っこの席にいる成嶋さんにクラス全員の目が向いた。

「ええっ？　わ、私？」

「うん。夜瑠って昔、お姉ちゃんと一緒にギターやってたんでしょ？」

「そ、それはその……まあ……」

一見おとなしそうな成嶋さんのそんな一面が意外だったらしく、クラスの連中はみんな驚いていた。俺も同じ。成嶋さんがギターを弾けるなんて、初めて知ったわ。

まあ音楽好きだもんな、あいつ。

「アコギできる奴が二人いれば、伴奏は問題ねーじゃん。どうよ成嶋、いけるか？」

振り返った青嵐に見つめられた成嶋さんは、やっぱり気弱な小動物よろしく「えと、えと」を繰り返していたけど、やがて。

こくり、と怯えた顔で頷いた。

いつもの五人で音楽室に移動した俺たちは、その腕前にただ驚く。

ホームルームのあと、青嵐が「ちょっと成嶋に弾かせてみようぜ」って言ったから、こうして音楽室で、成嶋さんに学校のアコースティックギターを持たせてみたんだけど。

成嶋夜瑠はめちゃくちゃ滑らかな運指で、有名な曲をいくつも簡単に弾いてみせた。

俺はド素人だけど、成嶋さんがうまいのはよくわかる。さっき青嵐にCコードってやつを教えてもらって試したんだけど、そもそも俺は音すら鳴らなかった。

「すげえ……夜瑠まじすっげえ……」

俺に代わって、今は朝霧さんがアコースティックギターと悪戦苦闘している。

「指の長さはあたしと同じくらいなのに、なんでこれ届くわけ？　だいたいコード押さえるだけで一苦労なのに、そんなパッパと……んしょ、コードチェンジってやつ、よくできるね」

青嵐も感嘆の息をついていた。

「成嶋って俺なんかより、全然うめーわ。お前いつからギターやってんの？」

「え、えと、小四、かな……？　お姉ちゃんと、家庭教師のお兄ちゃんの三人で始めて……」

「それってアコギだけ？」

「う、ううん。どっちかっていうと、エレキのほう……」

「なっ、成嶋っ！」

青嵐がその肩にバンと両手をついたもんだから、成嶋さんはびくっと身を震わせた。

「お前みてーな奴が必要だったんだ。頼む。俺らのバンドメンバーになってくれ」

「え、ええっ？　そ、それって軽音部のこと……だよね？　ドラムがいないって話じゃ……」

「成嶋がギターやってくれんなら、俺がドラムに回るわ。ほとんど素人だけどよ」

こいつドラムも叩けるのか。マジでなんでもできる奴だな。

「頼む成嶋！　このとおり！　もちろんお前の好きな曲、やっていいからよ！　な？　な？」

「あ、あう……で、でもその、私……」

成嶋さんは助けを求めるみたいに、ちらっと俺を見た。それは普段のエセ陰キャじゃなくて本気で怯えてるっぽい。あれか。もしかして大勢の前で弾くのは抵抗があるのか。

音楽室の端で見ていた新太郎もそれを察したらしい。

「もし嫌だったら、断ったっていいんだよ？　もちろん僕らの合唱の伴奏だって」

成嶋さんは首をふるふると振って、

「う、ううん、クラスの伴奏はやるけど……その、バンドのほうは……ご、ごめんなさい」

「わったしのギターで、おっまえのハートをギッタギタ～♪　ぎゅいいいいんっ♪」

二人になると打って変わって、やたら明るくなる成嶋夜瑠。もはや完全に別人。

俺たちは一度アパートに戻ったあと、夕焼けに染まる街をチャリで疾走していた。

成嶋さんは自分のチャリを持ってないから、俺の愛車の荷台に乗ってるだけ。さっきから俺の後ろで、妙なオリジナルソングをご機嫌な調子で口ずさんでいる。

合唱の伴奏をやるなら、実家から自分のギターを取ってきたいってことで、俺に運転手役を命じてきたんだ。

……なるべく二人での外出は避けたい俺だけど、こういう用事なら断れないからな。

「別について行くのはいいんだけど、電車で行ったほうが早いんじゃ……」

「だって古賀くんの後ろに乗せてもらったほうが、嬉しいんだもーん」

……こんなことを平気で言ってくるんだよな、こいつは……。

「俺のこの『ネオ純也号エクストラ』は、成嶋さんの無料タクシーじゃないんだぞ」

「古賀くんのものは私のもの。私のものも、私のもの」

「ジャイアニズム。すなわち剛田主義か。さすがいじめっ子だな」

「でも私の心と体だけは、全部古賀くんのもの。それが成嶋主義であるっ！」

後ろの成嶋さんが俺の腰に両腕を回して、ぎゅっと抱きついてきた。

巨大な乳が背中に押し付けられて、思わずハンドルを切り損ねそうになった。

「て、てゆーかさ」

動揺を悟られたくなかったんで、話題を変える。

「成嶋さんって人前でギター弾くのが苦手だから、バンドの話は断ったんだろ？」

「うん。じつは私、こう見えても緊張しいだったりする」

「新太郎も言ってたけどさ。だったらクラスの合唱の伴奏だって、断ってもよかったんだぞ」

「ううん。私だって久しぶりにギター弾きたいって気持ちもあったから。クラスの出し物くらいはやりたいって思ってるよ。でも青嵐くんはともかく、よく知らない人とバンドをやるっていうのは、さすがに怖いぴょん。そんな状態でステージに立つなんて無理だぴょん」

「その語尾やめろ。なんかイラッとする」

似たような建物が何棟か並ぶ市営住宅。その一室が成嶋さんの実家だ。

丸い階層ボタンが郷愁を誘う古いエレベーターに乗り込んで、市営住宅中層の五階へ。西に傾いた日差しがよく映える廊下を途中まで進んだところで、成嶋さんは立ち止まった。

「ここが私、成嶋夜瑠が幼少時代から過ごしてきた実家でーす」

知ってるけどな。わざわざ本人には言ってないけど、前に一回来たことあるし。

成嶋さんがドアノブに鍵を差し込んで、ドアを開けた。

「お邪魔しまーす……」

鍵がかかってたってことは誰もいないのかな、と思って玄関に入ると。

「……あら」

玄関先から見えるリビングの陰から、黒いキャミソール姿の女性が顔を覗(のぞ)かせていた。

年齢は二十代半ばくらい。長い黒髪はボサボサで、黒キャミの胸元からはでかいおっぱいの谷間がチラ見している。

前に来たときにも会った、成嶋さんのお姉さんだ。

でも久々に実家に帰ってきた妹を見てもとくに反応を示さず、一言の挨拶もなく、またすぐリビングに引っ込んでしまった。

「パパは深夜まで帰ってこないんだ。ママはもともといないから、遠慮せずどぞ〜」

成嶋さんも今のお姉さんの態度を、別段気にしている様子はなかった。

玄関を入ってすぐ右が成嶋さんの部屋らしく、俺はそこに通される。

なにも載ってないテレビ台と、空っぽの本棚。窓際には使い古されたベッドがあったんで、今のアパートにあるやつは新しく買ってもらったんだろう。壁には和洋問わず、いろんなバンドのポスターが貼られたまま残っていて、昔からの成嶋さんの趣味がうかがえる。

そんな部屋の片隅に、アコースティックギターとエレキギターが一本ずつスタンドに立てかけられていた。ちょっと埃をかぶってる。

成嶋さんがキャビネットの引き出しからギター用のクロスを出して、手渡してきた。

「悪いけど、これでアコギ拭いといて。私、コーヒー淹れてくるから」

「あのさ。さっきの人って」

「うん、私のお姉ちゃん。あは、あんまり仲良くないんだ」

視線を外した成嶋さんは、苦笑いで頭を掻いた。

「じつは私が一人暮らしを始めた理由も、お姉ちゃんが実家に戻ってきたからなの。同棲してた彼氏と別れちゃったみたいで」

お姉さんが戻ってきたから？　まだ高一なのに、普通そんな理由で一人暮らしとかするか？

……まあいろいろ事情はあるんだろうけど、兄弟のいない俺にはよくわからない。

成嶋さんがコーヒーを淹れるために一旦部屋から出て行ったんで、俺は言われたとおり、埃をかぶっていたアコギを専用のクロスで拭き始めた。

そしたら。

「ねえ。あんた、前にも一回来た子よね？」

部屋の入り口に成嶋さんのお姉さんが立っていた。

「あ、はい。さっきはご挨拶できなくてすいません」

ぺこりと頭を下げると、成嶋さんのお姉さんは意地悪そうな笑みを浮かべた。

「やっぱりあんた、夜瑠の彼氏だったの？」

「だから違いますって。前にも言ったでしょ」

「で？　学校のあの子ってどんな感じ？」

「どんなって、まあ普通……でもないか。でも元気ですよ。俺たちともよく遊んでるし」

「そう。うん……そっか……あの子、ちゃんと友達とうまくやってるのね……」

ちょっと翳りを残しつつも、どこかほっとしてるような笑顔だった。

改めて見ると、本当に成嶋さんと似ている人だ。

でもお姉さんのほうは、もっと大人の哀愁もあるっていうか、背筋がぞっとするほどの迫力がある美人。今はすっぴんだけど、メイクもして髪もきちんと整えたら、きっとその場にいるだけで周囲を支配してしまうような、そんな魔物的な凄みまで出るような気がする。

成嶋さんも大人になったら、こんな怖いくらいの美人になるんだろうか――。

「お姉ちゃんッッ！」

トレイにコーヒーを二つ載せた妹が戻ってきた。

なんだかすごく怒ってる――っていうか、憎しみすら垣間見える表情だった。トレイを持った手は小さく震えていて、コーヒーカップがカタカタと揺れている。

「なんで古賀くんと、話を、してたの……？」

「別にいいでしょ。あんたの学校生活をちょっと聞いてただけよ」

「本当に、それだけ……？　変なこと、考えてないよね……？」

変なことってなんだ？

「当たり前でしょ。こっちは失恋の傷だってまだ癒えてないんだし、だいたい年下なんて」

「だめだよお姉ちゃん……本当にだめだよ……お願いだから、古賀くんには近づかないで」

成嶋さんはなぜか涙声になっていた。

じっと見つめていたお姉さんはやがて、「ふっ」と小さく笑うと、

「やっぱりあんた、私の妹だわ」

「っ⁉」

成嶋さんの表情が一瞬でこわばった。

「あんた古賀くんっていうの？　これからも夜瑠と仲良くしてあげてね」

お姉さんは俺にそう言うと、さっさと部屋から出て行った。

一方、成嶋夜瑠は、今にも泣き出しそうな顔で固まったまま。

「成嶋さん？」

俺のその声が石化解除の呪文みたいになって、成嶋さんはやっと動きを取り戻す。

「あ、うん……あはは、ごめんね？」

取り繕いながら、テーブルのないその部屋で、カーペットの上に直接トレイを置いた。

さすがに一切触れないのも変かと思って、一応尋ねてみる。

「あんまり聞くのはよくないと思うけどさ。その、お姉さんとなんかあったのか？」

「うん。昔いろいろとね。お姉ちゃんの言うとおり、私たちはやっぱり姉妹なんだって改めて思ったら、ちょっと怖くなって……あのときのお姉ちゃんも、こんな気持ちだったんだ……」

最後のほうは、ぼそりと独り言。

そして俺を真正面から見つめると、

「あのね古賀くん。私はなにがあっても古賀くんのことが好きだし、もし古賀くんが私以外の人を好きになっても、この気持ちは絶対に変わらないけど……お姉ちゃんだけは、やめてね。私、お姉ちゃんにだけは、古賀くんを取られたくない……考えるだけで……怖いの……」

「なんの話だ？」

　成嶋さんは親指で目尻を拭った。

「だって古賀くん、お姉ちゃんのこと、美人だなって思った。絶対に思った」

「いやそりゃ……」

「やだ」

「俺まだなにも言ってな」

「やだっ！」

　成嶋さんはとうとう泣き出してしまった。

「やだよ私。怖いよ。本気で人を好きになっちゃうと、こんなにも怖いんだ。お姉ちゃんが私からトッチにいちゃんを無理やり引き離したときだって、きっとこうだったんだ……」

　いや、トッチにいちゃんって誰だよ？

　よくわからないけど、両手の甲を目元に当てて、しくしく泣き続ける成嶋さんを見てると、なんだか居た堪れなくなって。すごくいじらしく思えてしまって。

「あのさ、確かに俺は、成嶋さんのお姉さんのことは美人だなって思ったけど」

「やだやだっ！　やめてよ！　もう聞きたくないっ！」

「成嶋さんも将来あんな美人になるのかなって」

「やだやだ――――え」

「そんなこと考えただけだよ。ほんとそれだけ」

これくらいのリップサービスは許してくれ。てか本当にそう思ったし。

両目をぐしぐしこすった成嶋さんは、

「……んふ」

嬉しそうだった。ずいぶん単純だな。

「もっと私を褒めてもいいんだぞ？　好きとか言ってもいいんだぞ？」

「アコギの拭き方ってこんな感じでいいのか？」

「無視すんな！　脊髄ぶっこ抜くぞ⁉」

こっわ……まあ平常運転に戻ったならいいか。

俺をわざわざここに連れてきた理由は、お姉さんがいる実家に一人では戻りづらかったって部分も大きかったらしい。

それを最後に、もう成嶋さんはお姉さんの話を一切しようとしなかった。

だから俺も余計なことは聞かないでおく。

「エレキさわるのも久々だな～」

成嶋さんは昔使っていた自分のベッドに腰掛けて、青と白のボディがカッコいいエレキギターをぴろぴろ鳴らしていた。

「なあ。なんか弾いてみてくれよ」

「ん～、しばらく弾いてなかったから、指先もだいぶ柔らかくなっちゃってるけどね」

言いながら右手に持ったピックで、六本の弦を一度じゃらんと鳴らしてから。

左手の指がフィンガーボードの上を走り始めた。

ボリュームを絞ったアンプから聞こえてきたのは、有名なバンドの曲のイントロ部分。

激しく踊る成嶋さんの指は、もうどの指がどの弦を押さえているのか、視認できないくらい速い。本当に弦を一本一本押さえているのかどうか、疑わしくなるほどで。

それでもアンプからはしっかりメロディが流れてくるもんだから、もう魔法みたいだった。

また六本の弦を一度に鳴らした成嶋さんは、適当なところで曲を中断した。

「……マジですごいな」

「んふ。ありがと。でも私的には今のプレイだと、普通なんだよなあ」

「それもう嫌味だぞ」

「普通って言ったのは、ただ曲をそのまま弾いただけってこと。たとえばさ、こんな弾き方をしても面白いかなって」

成嶋さんはもう一度同じ曲を弾き始めた。相変わらず魔法みたいな運指。これまで動画とかでもギタリストの手元に注視したことなんてないから、もう見ているだけでも楽しい。

演奏を終えた成嶋さんが、俺を見て「ね？」と言ってきた。

「なにが、『ね？』なんだよ」

「今度は曲を丸コピーしただけじゃなくて、ちょっとアレンジを入れてみたの。私なりに曲を解釈して、私なりの弾き方で。こういう工夫をするのも音楽の楽しみ方のひとつだよね」

「んん？」

成嶋さんは「アレンジした」って言うけど、正直俺には、どこにどんなアレンジが入っていたのか、よくわからなかった。むしろさっきとまったく同じように聞こえたんだけど。

「わかる人にしかわからないアレンジなんて、意味ないって思ってる？」

「まあ……そうかも」

「正直でよろしい。でもこれはね、じつは弾き手の問題だったりするの。つまり私が納得してるかどうか。聴いてる人には伝わらないかもしれない。でもどうせ弾くなら、私は一番気持ちが乗るような弾き方で、自由に弾きたい」

「えっとつまり……相手には伝わらなくても、いいってこと？」

「そりゃ伝わったら嬉しいけど、それよりもまず『自分はこう弾きたい～』って我欲が大事だと私は思うわけ。極論を言えば、弾き手のわがまま。自己満足でも構わないの。そういう意味では、恋に似てると思わない？」

「……よくわからん。恋って相手に気持ちが届かなくてもいいのか？」

「だから届いてほしいけど、たとえ届かなくても、自分なりにきちんと気持ちを込めてるかどうかが重要ってこと。私は古賀くんと一緒にいるとき、いつも気持ちを込めて接してるよ。でもそれだって、一種の自己満足だったりするのだ」

「そ、そうですか……」

まっすぐ見つめてくる成嶋さんの視線が痛くて、つい顔を背けてしまう。

「ね、古賀くんが一番好きな曲ってなに？　知ってる曲なら気持ちを込めて弾いてあげる」

「俺の一番好きな曲……なんだろ」

少し考えると、簡単に見つかった。

「あれだ。『月とヘロディアス』ってバンドの曲」

「おっ、意外とミーハーなとこ突くね」

やっぱり知ってるのか。成嶋さんって守備範囲が広いな。

「あれでしょ。もともとボカロPだったエルシドって人が結成した、男女二人組のバンド。今すごい人気だもんね」

「そうそう！　曲の動画もおしゃれなアニメーションとかで、超かっこいいんだよな！　なによりエルシドPの作詞センスが神すぎてさ！」

そのバンドで俺がとくに好きなのは、『群青色（ぐんじょう）』っていう曲だった。

初めてその曲に触れたのは、中三の夏。

俺と新太郎と青嵐の三人が、チャリで行けるとこまで行ってみようなんて無謀な計画を実行して、夜遅くになってやっと引き返すことになって。途中で見つけたファミレスに三人で入って、みんなで愚痴を言い合っていたところで。

店内にその曲が流れてきた。

それは痛々しくて青臭い、子どもたちの青春を歌った曲でさ。俺が青嵐に「これなんて曲なんだ？」って聴いたら、「月とヘロディアスってバンドの『群青色』だよ」って。

その曲は俺にとって、友達と過ごした痛くてバカな青春の一ページに刻み込まれて、すごく思い入れのある一曲になった。

「……ってわけで俺は、そこから月とヘロディアス自体にどハマりしたんだ。そういや今度、駅前のＣＤ屋でインストアライブもあるらしいわ。忘れないようにしないと」

スマホでもう一度情報をチェック。そのインストアライブの予定をカレンダーアプリに書き込んだ。

「ふーん。なるほどねえ……」

俺の思い出話を聞いてくれた成嶋さんは、優しく笑ってギターを構え直す。

「月とヘロディアスの『群青色』か。あんまり聞いたことないから、結構アレンジ入っちゃうけど、こんな感じだったよね？」

言いながらイントロ部分を弾き始めた。

あんまり聞いたことがないとか言う割には、譜面なしで弾けるんだからマジですげえ。

そのうえ成嶋さんのギターはやけに温かい音色で、さっきのアレンジの話とか、気持ちを込めるとかの意味が、ちょっとだけわかったような気がする。

だからなのか、成嶋さんのギターを聞いていると、あのときの記憶が鮮明に蘇ってきた。

新太郎、青嵐……やっぱお前らは俺にとって、かけがえのない親友だよ。

裏切ることなんてできないよ。

お前らがいてくれるなら、俺は別に恋愛なんてしなくても……。

「ねえ古賀くん。せっかくだし歌ってよ」

「任せろ。深い夜空にぃ～♪　あ～あ～♪」

「ド下手かっ⁉」

せっかくの演奏がそこで止まった。

「俺が音痴だってことは知ってるだろ。みんなで何回もカラオケに行ってるんだから」

「いや、知ってたけどさ……まあいいや。ごめん、続きやろ」

成嶋さんはもう一度ギターを弾こうとして――――また手を止めた。

「………………」

なにか考えてるみたいで、ギターを構えたままじっと床を見つめている。

「なんだよ。人がせっかく気持ちよく歌おうとしてるのに。ほら、はよ弾け」

そこで俺を見つめると、にっこり笑った。

「やっぱりさ。また今度でいい？　古賀くんにとって大事な一曲なら、私、もっと練習して、一番気持ちを込められるような形で、ちゃんと聴かせてあげたいの」

成嶋さんの実家を出た頃には、ずいぶん遅い時間になっていた。

「ねえねえ、今日はどっかでご飯食べて帰ろうよ」

「こ、この状況で、よくそんな気分になれるな……っ！」

帰り道も俺は、成嶋さんをチャリの後ろに乗せてペダルを漕いでいたんだけど。

行きと比べて無茶苦茶バランスが悪いし重い。それも当然だった。

だって成嶋さん、アコギだけじゃなくて、エ、レ、キ、まで持って帰るなんて言い出すんだから。

どっちもナイロン製のソフトケースに入れて持ち出したんだけど、アコギはリュックみたいに背負ってもらってるのに対して、エレキは成嶋さんが両手に抱えて持っている。

だから俺の背中や後頭部に、ガツンガツン当たるのなんの。

おまけにチャリの前カゴには、ミニアンプやらを入れたカバンまで入ってる。こんな大荷物で、どこかに立ち寄るなんてさすがに考えられん。

「エレキまで持って帰るんだったら、それこそ電車でくればよかったんだ……っ！」

「最初はアコギだけのつもりだったんだけどね。感謝してるよ古賀くん」

「あとで俺の足腰、絶対に揉ませてやるからな……っ！」

「んふ。いいよ～？　いっぱい揉んであげるね。いけいけ『ネオ純也号エクストラ』～っ」

楽しそうな成嶋さんを後ろに積んだまま、俺は息を切らせながらペダルを漕ぎ続けた。


次の日、教室でこんな場面を目撃した。

「あ、あのね青嵐くん……昨日のバンドの話なんだけど……」

成嶋さんが学校用のおどおどした調子で、青嵐に話しかけていた。

「おう、無理に誘っちまって悪かったな。メンバーはまた探すから気にすんな？」

「そ、それなんだけどさ……その、青嵐くんは、私の好きな曲をやっていいって、言ってくれたでしょ……？　あ、あれって、本当にいいの……？」

「ああ。なんの曲やるかはまだ決めてねーし、そもそもバンド自体が危ういし……って、え、もしかして成嶋」

「う、うん……や、やっぱり私のギターでいいなら……やらせてもらえないかなって……」

――――は？

「マジで⁉　マジでいいんかよ成嶋⁉」

「うん……じつはバンドで弾いてみたい曲があって……で、でも本当に、いいの……？　もし迷惑だったら、私……」

「迷惑なわけあるか！　成嶋がギターやってくれんなら、どんなムズイ曲でもやるよ！　で、お前、なんの曲やりてーんだ⁉」

「あ、ありがとう。その……私がやりたい曲は、ね？」

成嶋さんは俺のほうをちらっと見てから、恥ずかしそうに言った。

「……月とヘロディアスの『群青色』」

第三話　臆病

成嶋さんが青嵐のバンドに加入することになった。

俺の思い出の一曲、月とヘロディアスの『群青色』をバンドで披露するために。

あの曲を生バンドで聴けるなんて、はっきり言ってめちゃくちゃ嬉しい。

自分で言うのもおこがましいけど、成嶋さんは俺を喜ばせるためなら、なんでもしてくれる奴だった。たとえ大勢の前で演奏するのが苦手だったとしても、あいつはそれを押し殺してまでやってくれるような女の子なんだ。

だからこそ、そんな彼女の気持ちと真正面から向き合ってあげられないのは、自分でもひどい奴だって思うけど……それでも成嶋さんのバンド自体は、もう本当に楽しみだった。

実行委員の新太郎の話によると、文化祭本番のあとは夕方から後夜祭っていうのがあって、グラウンドに特設ステージが設けられるらしい。学生バンドはその野外の特設ステージで演奏することになるんだと。

成嶋さんたちのバンドは一応軽音部の扱いなんで、そのステージの大トリ。

あいつ、そんな大層な舞台で、ちゃんと演奏できるのかな……。

その日もホームルームが終わると、青嵐はまっさきに成嶋さんに声をかけた。

「んじゃ行こうぜ成嶋」

「う、うん……」

成嶋さんと青嵐はバンドだけじゃなくて、クラスの合唱の伴奏だって練習する必要がある。

だから最近は放課後になると、こうして毎日、二人で音楽室に向かうようになっていた。

「じゃーな。合唱の全体練習は期待しといてくれ。もう俺らの伴奏はほぼ完璧だから」

「おう。バンドのほうもがんばれよ。成嶋さんもな」

「……うん。みんな、ばいばい」

気弱な笑顔でぺこりと頭を下げた成嶋さんは、青嵐と並んで教室を出ていった。

「じゃあ今日も三人で帰るか」

俺はそう言いながら、朝霧さんと新太郎に振り返ったんだけど、

「あ、ごめん。今日からしばらくは、僕も文化祭の実行委員会議が続くんだ」

新太郎は急いだ様子で通学カバンを担ぎ上げていた。

「なんだよ、お前も用事あんのか。その会議って結構長引きそう？」

「うーん……どうだろ。最低でも一時間はかかると思うけど……ちょっとわかんないな」

「ねえ田中ぁ、まだ～？」

女子実行委員の堀江さんが、教室のドア付近から気怠げに呼びかけてきた。新太郎はそっちに「すぐ行くよ」と告げてから、もう一度俺たちに向き直る。

「そんなわけだから、もう先に帰っててよ。じゃあね」

早口でそう言うと、そのまま堀江さんと二人して、駆け足気味に教室を出ていった。

残された俺と朝霧さんは、自然と顔を見合わせる。

「どうすんの古賀くん？」

「そうだな……」

ちょうどそのタイミングで、まだ教室にいた女子連中が、朝霧さんに声をかけた。

「ねえねえ、火乃子。前に教えてくれたクレープ屋って、どこにあんだっけ？」

「あー、あの店ね。えっと……あたし口で説明すんの苦手なんよなあ」

……今日はもうバラバラで帰るか。

「じゃあ、俺も行くわ。また明日な」

「え？　あ、うん……またね、古賀くん」

女子連中に捕まった朝霧さんを残して、俺は一人で教室を出た。

階段で一階に向かおうとした俺は——なんとなく回れ右をしていた。

放課後の廊下は、まだまだ喧騒に満ちている。文化祭の話をしている女子たちや、これから遊びに行く場所の相談をしながら俺の傍を駆け抜けていく男子たち。

いつもなら俺もそんな喧騒の一部分だったはずなのに、今日だけは一人。

だからなのか、周りの談笑がやけにうるさく感じる。まるで知らない学校に俺一人だけ置いていかれたみたいな、そんな子どもじみた寂寥感さえ覚えていた。

旧知の人間を求めるような思いで、文化祭の実行委員が会議をしている視聴覚室の前を通りかかる。引き戸の窓から中を覗いてみると、会議中の新太郎の様子が見えた。

……真面目にやってるんだな。隣に座ってるのは堀江さんと……知らない先輩女子だ。もしかしてあの人が、新太郎が恋をしてるっていう例の小西先輩かな。

心の中で「がんばれよ」とつぶやいて、またアテもなく騒がしい校舎内をぶらつく。

今度は音楽室の前までやってきた。

やっぱり引き戸の窓から覗くと、成嶋さんと青嵐が向かい合って座って、アコギを弾いていた。クラスでやる合唱の伴奏を練習している最中らしい。

俺たちが合唱で披露することになったのは、流行りのポップス三曲。全体練習はまだやってなくて、今のところあの伴奏者の二人以外、とくにやることがない。

「…………暇だな」

ため息混じりに、そうつぶやいたところで。

「あれ。お前、二組の古賀だっけ？」

後ろから声をかけられた。

振り返ると、おしゃれメガネをかけた坊主頭の男子がいた。ギターケースを担いでいる。

こいつは五組の常盤遼一。青嵐たちとバンドを組んでいる軽音部の男だ。

青嵐と常盤はなんかトイレでたまたま一緒になったとき、音楽の話で盛り上がって仲良くなって、そのまま文化祭でバンドをやろうって話になったんだと。常盤はバンドを組める奴を探していたけど、軽音部の連中はみんな幽霊部員でアテにならないから困ってたらしい。

ちなみに常盤がバンドをやりたがってた理由は、自分の彼女にいいところを見せたいからだそうだ。青嵐いわく「バンドをやる奴の理由なんて、だいたいそんなもん」だってさ。

なんとなく成嶋さんのことが頭をよぎって、ちょっと恥ずかしくなった。

「お前らが紹介してくれた成嶋サンって、ガチでやべーのな。俺、あんなにギターうまい女、初めて見たんスけど。しかも、めたんこかわいいし、もうありえんくらい女神な件。二組ってえぐい秘密兵器を隠し持ってやがったなあ、このこの」

常盤が人当たりの良さそうな笑顔で、俺の胸元を指でドリルしてくる。

「……お前って確か、彼女いるんだよな？」

「おう？　ええ〜、なになに？　もしかして古賀って、成嶋サンと付き合っててん？」

「いや、そういうわけじゃないけど……」

「かわいい子をかわいいって言うのはフツーっしょ？　つかさ、こんなとこに突っ立ってねーで、お前も中入れよ。俺らこのあとバンドの練習すっから、ちらっと見てけば？」

「はは、本番まで楽しみにしてるよ」

「そか？　へへ、寒気がするほど熱いステージにしてやっから、楽しみにしとけよ古賀ぁ？」

常盤は俺の背中をばしんと強く叩いて、音楽室に入っていった。

寒気がするほど熱いってなんだよ、なんて無粋なツッコミはわざわざしない。

最後にもう一回窓を覗くと、アコギの練習を止めた青嵐たちに、常盤がでかい身振り手振りでなんか熱く語っていた。そのまま三人で奥の音楽準備室に移動していく。軽音部の部室と練習スタジオを兼ねる音楽準備室には、ドラムセットもあるんだ。

……常盤っていい奴っぽいし、成嶋さんもうまくやっていけそうだな。

俺は音楽室の前を離れて、また廊下を歩き出した。

で、次に向かったのは校舎の屋上。

俺がさっさと帰らない理由————それはもちろん、寂しく思ってるからだった。

あの五人組になってから、一人で帰ったことなんてまだ一度もなかったから。

だから適当に時間を潰してたら、そのうち誰かと一緒に帰れるかな、とか考えていて。

こうしてぶらぶらと、独りで虚しい時を過ごしている。

屋上に通じる塔屋階のドアを開けると、冷たい山風が一気に吹きつけてきた。

先週まではまだ暑かったけど、もう衣替えが済んだ冬服でちょうどいい。

十月の日没は早くて、まだそんなに遅い時間でもないくせに、太陽は情けなくも落ちつつある。まるで最期の悪あがきみたいに、オレンジ色の光を屋上全体に必死で放っていた。

寒くなってくると誰もが人恋しくなるって、どこかで聞いたことがある。

なんとなくわかる気がした。温もりを欲する本能っていうか、寒くて一人だと誰かと繋がりたくなるんだ。俺を含めて、きっと人類は全員が臆病者だから。

「みんなまだ終わんないのかな……」

そんな独り言を口にしながら、塔屋を回り込んでみると。

屋上のフェンスの前に、先客がいた。

秋風になびく短い髪を耳にかけながら、橙に染まる田舎の町並みを眺めている女子。

どこか憂いを帯びたその後ろ姿を際立たせるために、この斜陽が存在しているような――。

そんな錯覚さえ覚えてしまう、とても絵になる立ち姿だった。

彼女の隣に並んで、横顔を見る。

その子は俺の存在に気づきながらも、振り返らずに言った。

「まだ残ってたんだね」

「ああ。朝霧さんも、もう帰ったんだと思ってた」

朝霧火乃子。

いつも元気でノリがよくて。すごく大人っぽい見た目なのに、みんなで遊ぶときは誰よりも大はしゃぎで、誰よりも全力で楽しもうとする子どもみたいな人。

でもふとした瞬間に、外見に沿った大人っぽい憂いの表情を見せる。やけに達観したようなことを口にしたりもする。

俺は少し前まで、そんな朝霧さんに、淡い恋心を抱いていた。

……成嶋夜瑠と今みたいな関係になるまでは。

「さっき教室で女子連中とクレープ屋の場所がどうこう話してただろ。だからてっきり」

「ああ……うん。誘われたんだけどね、なんとなく気乗りしなくて」

「そっか」

なんで、とかは聞かない。

俺たちは並んで、ただ静かに夕暮れの町を眺め続ける。

「なんかさ。あの二人、いい感じになりそうだよね」

あの二人っていうのは、もちろん成嶋さんと青嵐のことだ。

もともと成嶋さんは青嵐と付き合ってみたいって言っていた。自分のタイプなのは間違いないから、これが恋に発展するかどうかを確かめるために——なんて話だった。

だけどじつはそうなる前に、俺と成嶋さんがこんな関係になってしまったなんて、朝霧さんは当然知らない。

「夜瑠と青嵐くんのことは応援したいんだけどさ。でも正直、ちょっと怖いんだ」

朝霧さんはフェンスに手をついて、弱々しく笑いながら言う。

「五人で一緒にいることに慣れすぎちゃったのかな。居心地がよすぎて楽しすぎて、今の五人の関係が変わってしまうことが、ちょっとだけ怖い」

「はは。なに言ってんだ。俺たちはなにがあっても変わらないだろ。ずっと一緒だって」

それは俺自身に言い聞かせたかった言葉でもある。

「でもね古賀くん。ずっと一緒なんてありえないんだよ。たとえ夜瑠たちのことがなくても」

「……なんで？」

さっきは口にしなかったその単語を、できるだけ穏やかに投げてみる。

「人は出会いと別れを繰り返す生き物だから。そうだね、たとえば中学時代の友達と離れ離れになったら、次は高校で新しい友達ができる。あたしが中学のときの友達と別れたあと、高校で古賀くんたちと出会ったように」

「だから俺たちは、いくつになっても、ずっと五人で一緒にいたらいいじゃないか」

朝霧さんは「そうだね」と頷いてから。

「でも高校を卒業したら、やっぱりみんなとは離れることになる。進学して大学に行ったら、そこでまた新しい友達ができて、社会人になると同僚ができて……それまで毎日のように会ってた人たちとは、月に一度だけ会う関係とかになっちゃうんだろうね。それもいずれは、年に一度とかの頻度になって……そのうち、それさえも、きっと――」

「……そんな寂しい話は、しないでくれよ」

朝霧さんが言ってることは現実的すぎて、俺はまだそんなことまで考えたくはなかった。

「あたしも寂しいと思うけどさ。人間は都合がいいっていうか、ちゃんと環境に適応できちゃうんだよ。最初は友達と離れて寂しいって思ってても、そのうちきっと馴染んでくる。寂しいって気持ちさえ忘れちゃう。だからみんなと毎日会えてる今を、大事にしないとなって」

どうしたんだろう、今日の朝霧さんは。

ちょっとセンチっていうか、やけに寂しいことを口にする。

「……あはっ。ごめんね？　まだまだ先のことなのに、なんか嫌な話、しちゃって」

風に吹かれる髪をかきあげた朝霧さんが、儚く微笑みかけてくれた。

「いや……わかってるよ。朝霧さんの言うとおりだってことくらい」

俺も空元気を出して、笑顔で返す。

「だいたい進級してクラス替えがあるだけでも変わるもんな。いつまでも毎日五人で一緒になんて、いられるはずがない。俺がまだ現実を受け入れたくないガキなだけだよ」

そう。ずっと五人でいたいなんて、ただの子どもの意見だ。そんなの無理に決まってる。

俺たちはそのうちバラバラになって、それぞれまた別の友達ができて、少しずつ疎遠になっていくんだろう。さっき俺が感じた寂寥感だって、きっと慣れてしまうときがくるんだ。

それでも俺は――この五人組を一生の付き合いにするつもりだけどな。

「まあ、離れ離れになったとしても、俺はちょくちょくみんなを集めるからさ。それでまた、みんなを無理やりバカな遊びに付き合わせてやるよ。たとえいくつになっても、そのときだけは、全員の気持ちを『今』に戻してやる。だから変な心配はしなくていいんだよ」

「……ふふっ」

朝霧さんは夕暮れのでっかい空を仰いで、「あははっ！」と大声で笑った。

「うんうん。古賀くんなら絶対そうするよね～。とーぜん知ってるっ！」

そこにさっきまでの憂いは微塵もない。完全にいつもの朝霧火乃子に戻ったみたいだ。

俺もつい笑みがこぼれてしまう。やっぱり朝霧さんは元気なときが一番いい。

「なあ朝霧さん。みんなまだ用事が終わりそうにないし、もう二人で帰るか」

「ふふん、ずっとその言葉を待ってました。さ、帰ろ帰ろっ！」

朝霧さんは弾むような足取りで、俺よりも先に塔屋に向かって。

両手に持った通学カバンをぶん回すように、くるりと元気にターンして、また俺を見た。

「ね？　ちょっと冷えたし、熱いおしるこでも買って帰んない？」

帰り道のコンビニで缶のおしるこを買った俺たちは、コンビニの前に横たわる広い県道のガードレールに腰を預けて、それをちびちび飲む。

あたりはもう薄暗くなっていた。このあたりは遮蔽物もほとんどないド田舎だから、吹きつけてくる夜風がやたら強くて、ちょっと肌寒い。

「くうう〜、やっぱ田舎の夜は冷えますなあ〜。熱燗が沁みますわっ！」

「都会から赴任してきたお茶目系の中堅作業員みたいな物言いだな」

「あー、このあたりってそういう人、多いらしいね。若者はみんな都会に出ちゃうから、逆に本社から中堅が派遣されてくるってやつ。古賀くんは卒業後の進路とか考えてたりすんの？」

「いや、全然」

「あたしらまだ一年だもんね。かくいうあたしも、まったく考えてねーわ」

もうぬるくなり始めた缶の飲み口を見つめながら、朝霧さんは続ける。

「てゆーかさぁ。高校を卒業した時点で、『はい、あたしは今日から大人です』って感じになんのかなあ？　子どもって、いつから大人になるわけよ？」

「それこそ熱燗っていうか、酒が飲みたくなった瞬間に、じゃないか？」

「あははっ、古賀くんって面白いこと言うね。確かにあたしはまだ、お酒なんて飲みたいとは思わんなあ。大人ってどんな気分のときに、あんなクソまずいもん飲みたくなるんだろ？」

「もしかして朝霧さん、酒飲んだことあんの？」

「ま、背伸びしてみたい時期ってあんじゃん？　興味本位で、お父さんのお酒をちょこっと」

親指と人差し指を使って「ちょこっと」のジェスチャーをする。幅は割とデカめだった。

「でも今はなんつーか、あんまし大人になりたくないな〜、とか思っちゃってる。なんか煩わしいこと多そうだし、古賀くんたちともあんま遊べなくなるだろうし」

同感だった。

今みたいに友達とバカができなくなるくらいなら、俺も大人になりたいなんて思わない。

「古賀くんはトリュフォーって映画監督、知ってる？」

「初耳」

そういや朝霧さんって映画好きだったっけ。お父さんの影響らしく、新作からモノクロ時代の名作映画まで、なんでも観るタイプだとか。

「だいぶ古い映画なんだけどね。その監督の作品に『大人は判ってくれない』ってやつがあんの。大人との確執を描いた非行少年の話なんだけどさ。昔はあたし、主人公の少年に共感してたんだよね。でも最近また観直したら、これがもう全然。この主人公、なんでこんなに身勝手なんだよ〜って思っちゃった」

「その主人公の少年に対する印象が違って見えたってこと？」

「そうそう。これってたぶん、あたしがちょっと大人になっちゃったからなんだ。はあ～、やだやだ。もうちっとさ、気楽で無垢(むく)な子どものままで、いさせてくれないもんかねえ～」

本当に同感だよ――ああ、そっか。

「酒ってきっと、こういう気分のときに飲むんだよ」

「…………………」

朝霧さんは驚いた顔で俺を見つめていた。

その表情のまま、やけに落ち着いた口調で、低く言う。

「古賀くんって、本当に面白いこと言うよね」

「だろ？」

俺たちは決して酒じゃないおしるこを一気に飲み干した。もちろん酔うわけがない。

「ねえ、古賀くん」

「ん？」

「キスしよっか」

後ろの県道を大型のトラックが走り抜けていった。

汚い排気ガスを撒き散らしながら。耳障りなエンジン音を残しながら。

「えっと…………なんで？」

なるべく平静に、そう尋ねる。

俺の顔がどうなってたかは知らないけど、朝霧さんのほうはいつもどおりだった。マンガやアニメみたいに、朱が差しているなんてこともなく、本当にいつもどおりだった。

「ほら、男子ってさ、友達同士でノリでしたりするときあんじゃん？　あたしらもそーゆーのできんのかなーって思ったりしてな？」

さっきは一瞬、やけに落ち着いた静かな口調になったけど、もうそれだっていつもどおり。朗らかで跳ねるような、いつもの元気な朝霧さんのトーンだった。

「そんな奴いるかな……？　まあいたとしても、俺は友達とノリでキスなんかしないよ」

言ったあとで、成嶋さんとしてしまったときの記憶が揺り起こされる。

……マジでどの口が言ってんだ。痛すぎるだろ、俺。

「あは。もしあたしらがキスとかしちゃったら、どうなるんだろって。ま、ギャグだし、適当に流してちょーだい」

大人になりたくないとか言ってるくせに、やろうとしていることは大人の真似事。

今日の朝霧さんは本当に様子がおかしいって思ってたけど、なんとなく理由を察した。

きっと寒くなり始めた秋だから。

俺と同じで、今日は一人ぼっちだったから。

少し臆病になって、誰かと繋がりたくなっているのかもしれない。

「ねえ、しばらく放課後はあたしらだけっぽいしさ。明日は二人でどっか遊びに行かね？」


俺がアパートの部屋に帰ってくると、ほぼ同じタイミングで成嶋さんもやってきた。

「ちわっす！　今日もご飯、作りにきたっす！」

相変わらず学校と違って、やたらテンションが高いエセ陰キャおっぱい。

そいつはまだ制服姿だった。食材が入ったビニール袋を持ってるあたり、学校帰りに近所のスーパーに立ち寄って、そのまま俺ん家に来たらしい。

勝手に俺の部屋に置いてある私物のエプロンをブレザーの上から身につけると、キッチンに立って料理の準備を始めた。

「今日は牛肉が安かったから、肉じゃがを作ってやろう。ストーンズのミック・ジャガーじゃないよ？　肉じゃがだよ？」

「死ぬほどつまらんし、その前に俺、その人知らんから」

「くっそ、やっぱ音楽ネタは通じんか。私と古賀くんって、ほんと火と油だよね」

「水と油だろ。火と油はむしろ相性バッチリなんだよ」

「……むは」

「喜ぶな」

ちなみに食材費は折半だ。もちろん作ってもらってる以上、俺が多めに出している。

「で、バンドのほうはどうだ？」

じつは今日、ちょっとだけ覗きに行ったなんてことは、恥ずかしいから言わない。

「ん。とりま順調。古賀くんに例の曲、早く聴かせてあげたいな」

じゃがいもの皮を包丁で器用に剝きながら、そう言ってくれた。

俺の思い出の一曲、月とヘロディアスの『群青色』。こいつはそれを俺にバンド演奏で聴かせるために、わざわざ青嵐たちのバンドに入ってくれた。大勢の前で弾くのは苦手なのにだ。

たまに怖いけど、ほんと健気なんだよな、成嶋さんって……。

「ベースボーカルの常盤くんって、いい声してるんだよね。ほら、月とヘロディアスって女性ボーカルじゃん？　でも常盤くんの歌声もすごく味があっていいの。しかも歌いながらベースもドムドム弾けてるし、あれはモテるだろうな～」

そして俺は最悪なことに、成嶋さんが褒めるその男子に対して、ちょっと嫉妬してしまう。

自分でもガキだなって思うし、こういう部分だけはマジでさっさと卒業したい。

「あ、もしかして古賀くん、いま嫉妬してくれた？」

成嶋さんが振り向いて、にやりと笑った。包丁を握ったままだから、やたら怖かった。

「……べつに」

「んふ。嬉しいな」

「だから違うってば」

本当は嫉妬したんだけど、もちろん秘密だ。

「大丈夫だよ。常盤くんって彼女いるし、そもそも私は古賀くん一筋だから。ふふっ、最初は古賀くんなんて、あんなに大っ嫌いだったのに、もう摩訶不思議だ」

……本当にそうだよ。俺だって自分が不思議でしょうがないんだ。なんで俺は、成嶋さんのことを、こんなにも……。

成嶋さんは機嫌よくまたキッチンに向き直って、

「あと青嵐くんなんだけどね。ドラムはほとんど素人だって言ってたじゃん？　それがもう、謙遜も謙遜。ブラストビートって言って、こう『だだだだだー』って速い叩き方もできちゃうし、もうめっちゃ上手なの。あれはモテるだろうな～」

芸人でいう「テンドン」のつもりなのか、また同じ言葉で締めくくりやがった。

だから俺はつい、あまりにも意地悪なことを口にしてしまう。

「……成嶋さんが青嵐のことをそう言うと、なんかリアルだよな」

そいつは「ばっ！」と勢いよく振り返った。

「ち、ちが、違うの。ごめん。ほんとに、ごめんなさい。調子に乗りすぎた。わ、私、本当に古賀くんだけだから……し、信じて………お願い……」

唇を震わせて、両目に涙を溜めて、ものすごく怯えた顔でそう言った。

正直ここまで反応するなんて思ってなかった俺は、純粋に申し訳ない気持ちになった。

「いや、俺のほうこそ……ごめん。今のは意地悪すぎた。あと包丁持ったままだと怖いから」

「うん……」

成嶋さんは手の甲で両目をぐしぐしこすると、またキッチンに向き直った。

……なにがしたいんだよ俺。成嶋さんのことは普通の友達って思えるように努力するんじゃなかったのか。付き合わないって決めたのは俺自身だろうが。

それなのに、つまらん嫉妬で彼氏ヅラとか——この感情、マジで気味が悪いわ。

「童貞大王様に意地悪されたから、あとで腕ひしぎかける。嫌がっても無理やりするから」

まだ涙声だったけど、いつもの成嶋さんに戻ってくれたみたいで、少し安心した。

もちろん腕ひしぎは嫌だけど、そのぐらいは甘んじて受けよう。

「でね？　話を戻すけど、結局一番危ないのは、私のギターだったりするんだ」

じゃがいもの皮を剝き終えた成嶋さんが、まな板でざく切りを始めた。

「月とヘロディアスって二人組のバンドだけど、サポートメンバーとかいるでしょ。私たちがやる『群青色』も原曲はギターが二本あってさ。でも私たち臨時軽音部バンドはスリーピースでギターは私だけだから、結構アレンジ入れないとだめなんだよね」

「ああ、あの曲ってギター二本なんだ」

音楽に疎い俺は、そういうことさえ知らずに聴いていた。

「あとクラスの合唱のほうも練習しなきゃだし、しばらくはご飯作りにくるの遅くなるかもしれないの」

「別に気にしなくていいぞ。そもそも俺――」

作ってもらえる立場じゃないし。そう言おうとしたんだけど、本当に最低だからやめた。

「でも私、古賀くんと一緒にご飯食べたいから、なるべく早く帰れるようにがんばるね。遅くなりそうなときだけ連絡する」

「だからそんなに気にしなくていいって。それに明日はたぶん」

また言葉が詰まった。

これは言ってもいいんだろうか。

「明日はなんか予定あんの？」

成嶋さんは振り返らずに言う。じゃがいもを切る断続的な音が、まな板から聞こえてくる。

ここで隠すのも変、だよな……？

そう思った俺は、正直に言うことにした。

「明日の放課後は朝霧さんと出かける予定なんだ。もしかしたらメシも食ってくるかなって」

包丁でまな板を叩く音が止んだ。

でもそれは一瞬のこと。

「そうなんだ。まあ私も青嵐くんも、田中くんもか。みんなしばらく塞がってるもんね」

まな板の音が再開される。成嶋さんの口調もいつもどおりだった。

だけど俺は、今の一瞬の間がやっぱり気になって。

「……その、いいのか？」

「なにが？」

「だからその、俺が朝霧さんと二人で出かけることが」

「あはっ、どうしたの古賀くん？　友達と二人で出かけるなんて普通じゃない？」

「そうだけど……」

だって俺が最近まで朝霧さんのことを好きだったのは、成嶋さんも知ってるわけで。

もちろんやましい気持ちなんて、最初から一ミリもないんだけど。

それでもこいつの性格上、やっぱり気になったのかなって思うじゃないか。だって明らかに今、包丁の音が止まったし。

「私のことなら気にしなくていいよ？」

まるで俺の胸中を読んだみたいに言ってきた。

「だいたい断るほうが不自然じゃん。火乃子ちゃんに誘われたんでしょ？」

「まあ……」

「だったら楽しんでおいでよ。私もそのほうが気兼ねなく練習できるし」

それっきり、さっきまであんなに饒舌だった成嶋さんは、黙りこくってしまった。

俺からもなんて声をかけたらいいか、わからなくて。

部屋には成嶋さんが淡々と料理を続ける音だけが響いていた。

「………気を遣ってくれてありがと……嬉しかった」

ぼそりと小声で、そんなつぶやきがあった。

第四話　魔女

私はその日の放課後も、軽音部が部室兼練習スタジオにしている音楽準備室で、青嵐くんたちとバンドの練習をしていた。

後夜祭のステージで演奏する曲は、全部で三曲。

そのうちのひとつが、私がお願いした月とヘロディアスの『群青色』。

残り二曲は青嵐くんと軽音部の常盤くんが、それぞれやりたい曲をひとつずつ選んだ。どっちも有名なバンドの曲で、私もよく知ってるやつ。

練習の甲斐もあって、もう三曲とも一応は形になっている。

でも私は自分なりに曲を解釈して、自分が一番気持ちを乗せられるような演奏をしたいタイプだから、もっともっと曲と向き合う必要があった。

……それもそうなんだけど、私が一番心配してることは。

「や、成嶋サン、マジでうますぎっしょ⁉　カッティングとかキレッキレだし！」

通しで演奏したあと、ベースボーカルの常盤くんが褒めちぎってくれた。

「あはは……えと、ありがと……」

「ま、あとはその腕前が本番でも発揮されるかどうか——だよな？」

ドラムセットに座っている青嵐くんが、器用にスティックをくるくる回しながら言う。

……そう。一番の心配はそこなんだよね。

じつはさっき、クラスのホームルームで初めて合唱の全体練習をしたんだけど、その伴奏で私はミスが目立った。簡単なコード進行なのに、思うように弾けなかったんだ。

たった四十人未満のクラスメイトの前でもそんな感じになっちゃうのに、もっと大勢が集まる本番の舞台だと、どうなるんだろう。

でもはっきり言って私は、合唱のほうなら、ある程度のミスも仕方ないって思ってる。

だけどバンドのほうのミスは許されない。とくに私が選んだ月とヘロディアスの『群青色』だけは、絶対に失敗できない。

それは古賀くんのためだけに弾いてあげたい曲だから。

バンドを私物化してるとか罵られても構わない。でもその曲だけは完璧な演奏で、しっかりと気持ちを乗せて、私の大好きな人に届けたいんだ。喜んでもらいたいんだ。

「ちょいちょい青嵐くん。あんまし夜瑠にプレッシャーかけんなっての」

今日は火乃子ちゃんも音楽準備室にいた。

火乃子ちゃんはたまにこうして、私たちの練習を覗きにきてくれる。

たぶん男子のなかに一人でいる私が心細くなってないか、心配してくれてるんだろう。

朝霧火乃子ちゃんは、いつも私のことを気にかけてくれる優しい人。

かといって、過保護な親のような目を向けてくるわけじゃない。そっと見守る範囲に留めてくれている。そのうえ私に負い目を感じさせないように、向こうから頼ってくれることだってたくさんあった。

あくまで平等な関係だと無言の主張ができる人。ただ私を引っ張るだけじゃなくて、私にも引っ張らせることができる、すごい配慮の持ち主。

みんなと子どもみたいに騒いだりもするけど、じつは私たちのなかで一番大人な女の子。

それが私にとって初めてできた大親友、朝霧火乃子ちゃんだった。

私も古賀くんと同じで五人の関係が壊れてしまうのは絶対に嫌だけど、とくに火乃子ちゃんと距離ができてしまうのだけは、本当に嫌だ。

だからこそ私は……そんな大親友に大きな隠し事をしている。

私と古賀くんが、毎日秘密の逢瀬を重ねているってことを。

火乃子ちゃんがこっそり耳打ちしてきた。

「ね、夜瑠。青嵐くんと一緒にいる時間が増えてよかったね」

火乃子ちゃんはまだ私が、青嵐くんのことを好きなんだって思っている。

私はあの夏まで、青嵐くんに告白しようとしていたから。

だけどそれは、じつは恋じゃなくて、私が心の底から好きになれる人をただ探していただけなんだって知ったら、火乃子ちゃんはどんな顔をするだろう。

そして私が本気の恋をしてしまった相手はじつは古賀くんで、誰にも言えないままこっそり付き合おうとしているなんてバレてしまったら、火乃子ちゃんはどう思うだろう。

それでも今までどおり、私と親友のままでいてくれるのかな。

——無理に決まってる。そんなにも自分勝手で薄汚い女は、さすがに嫌われちゃう。

だからやっぱり私は、隠し通すしかなくて。

火乃子ちゃんのその「青嵐くんと一緒にいる時間が増えてよかったね」って質問にも、

「う、うん……」

そう返すことしかできなかった。

火乃子ちゃんはスマホで時間を確認すると、

「おっと。あたし、そろそろ行くわ」

常盤くんと話していた青嵐くんが振り返る。

「なに朝霧、用事でもあんの？　もうちっと遊んでけよ」

「いやー、それがだね。じつはあたし、今日は古賀くんとちょっと約束があってさ」

それは古賀くん本人からも聞いていたことだけど、もちろん私は知らないふりを続ける。

「あ、えと……もしかして、二人で遊びに行くとか……？」

「そそ。適当に駅前ぶらついて、ご飯でも食べるつもり。古賀くんにはもう先に行ってもらってるんだ。なんとなく、待ち合わせってやつをしてみたくて」

「んだよ、お前らだけで……まあ俺ら最近、あんまし遊べてねーもんな」

青嵐くんが私を見たんで、こくりと頷いてみせた。

火乃子ちゃんは床に置いていたカバンを担ぐと、元気よく胸を張る。

「んじゃ、みんなは練習がんばりー。あたしは古賀くんとデートでもしてくるわ」


デート。

それはあくまで、おふざけの範囲で言っただけなのかもしれない。

だけどまだ、そういう名目で古賀くんと出かけたことがない私には、途轍もなく――――。


慌ててかぶりを振る。

危ない危ない。私は今、親友に対して、ものすごく『仄暗い感情』を抱きそうになった。

……うん、そうじゃなくて、私はただ羨ましいだけだ。いいなあ火乃子ちゃん。

だから私はしっかりと告げた。

「私も遊びに行きたいけど……今はしょうがないもんね。ばいばい、火乃子ちゃん」

だってこれは本心だから。

私は本当にただ、羨ましいと思ってるだけだから。

私と古賀くんはきっと両想いで、古賀くんが火乃子ちゃんのことを好きだったのは、もう昔の話なんだから。だからこんな変な感情をもつ必要なんてないんだ。

――――『嫉妬』なんて、さ。


「そんじゃ二人とも、お疲れサ～ン。ついてくんじゃねーぞ？」

バンドの練習が終わったあと、常盤くんは一足早く音楽準備室を出て行った。

図書室に彼女を待たせているそうで、練習後はいつもこうしてすぐに飛び出していくんだ。

常盤くんって毎日、恋人と二人で一緒に帰ってるんだよね。いい恋愛してるんだなあ。

「……ったく、あいつは。ちょっとくらい待てねーのかよ」

ギターのシールドケーブルを片付けている私を見ながら、青嵐くんが嘆息した。

「あはは……その、早く彼女さんを、迎えに行ってあげたいんだろうね……」

ちなみに私が学校に持ってきてるのはエレキだけ。アコギは家での練習用として、アパートの部屋に置いてある。学校に両方を持ってくるのはさすがに無理だから。

「つか成嶋のそのエレキってさ、初心者キットのストラトキャスターモデルだよな？」

「え？　う、うん……」

「お前、十分熟練者なんだから、初心者用のギターじゃなくて買い替えたらいいのに」

「え、えと……私はこれが、好きだから……あはは」

これはまだお姉ちゃんと仲が良かった頃、二人で買いに行ったお揃いのエレキギター。

なんと破格の一万円強。

でもそれ以上の値打ちがあるその大切なギターをケースにしまって。背中に担いで。

私は青嵐くんと一緒に、音楽準備室をあとにした。


校舎を出て、校門に向かっている途中で、常盤くんカップルに出くわした。

「んげ」

「なにが『んげ』だよコラ」

煙たそうな顔をした常盤くんに、青嵐くんが軽く蹴りを入れる。

常盤くんの彼女さんは私たちと同じ一年生。ちょっとパリピ感のある常盤くんと違って、昔のマンガとかによくいた、本が好きそうな物静かな印象の女の子。実際読書は好きらしい。

「だって宮渕って、なんか邪魔してきそうじゃん。言っとくけど、一緒には帰らねーぞ？」

「誰が邪魔するか。さっさと行け」

「ついてくんなよ？　邪魔すんなよ？　人の恋路の邪魔する奴は、悪霊と同じだかんな？」

常盤くんは大事な彼女さんの背中を押して、そそくさと逃げるように立ち去った。

「ちっ……色ボケしてる奴はこれだから。邪魔する気なんかねーっての」

「ふふ、そんなことしたら、悪霊と同じになるもんね……」

「…………悪霊、か」

私と青嵐くんは校門を抜けて、二人で下校路をてくてく歩く。

なにか考え込んでいた青嵐くんが、ふいに頭の後ろをガシガシと掻いた。

「あー、なあ成嶋。いい機会だし、その、ずっと引っかかってたこと、言っとくわ」

「うん？」

「夏の前あたりにさ。ほら、お前が俺によく話しかけてきてた時期ってあったじゃん？　なんか俺にだけ弁当作ってきてくれたり、二人だけで出かけようとか誘ってくれたり、さ」

「あ、う、うん……その、迷惑だった、よね……？」

まだ私が古賀くんに恋をする前。

私はなんとか青嵐くんと距離を縮めたいと思っていて、いろいろ行動を起こしていた。

その邪魔をしてくるのが、古賀くんだった。古賀くんは私と青嵐くんを二人きりにさせないように、いつも急にシャシャリ出てきては、無理やり間に割り込んできていたんだ。

常盤くんの言葉を借りるなら、まさに悪霊だよね。

いくらグループの輪を大事にしたいからって、人の恋路を邪魔するなんて最低だもん。もうずっとむかついていた私はある日、古賀くんをこっそり連れ出して、思いっきりブチギレてやったんだ。真面目に邪魔だから消えてくれって。

でも考えてみれば、それが私と古賀くんの、秘密の関係の始まりだった。

だから運命──なんて言うのは、さすがに痛いかな。最低のきっかけだったもんね。ふふ。

「迷惑だったわけじゃねーんだ。ただ、その……」

青嵐くんはまた頭の後ろをガシガシと掻いて、

「俺ってさ、じつは女に対して、そういう興味がもてない人間っつーか……」

「え？　えっと……それって、その……？」

「ああいや、その、ジェンダー的な話じゃなくてだな。たぶん俺がまだガキなだけだと思うんだけど……たぶん、な……」

体の大きい青嵐くんが、子どもみたいに怯えた目で、ちらっと私を見てきた。

「なあ、やっぱこんな男って変、かな……？　もう高一のくせに、俺、異性になんにも感じないんだぜ。男も女も、全員ただの友達でいいって、ガチで考えてる奴なんだよ、俺は」

「別に変じゃないよ。友達のほうがいいなんて、古賀くんも言ってることだし」

「で、でもよ。俺は純也と違って、その、もしかしたらマジでそういうタイプなんじゃねーかって……ほら、誰にも恋愛感情をもてない、無性愛者ってやつ。だって俺、そういう動画とか見ても全然、なんも思わねーし……じつは新太郎の恋バナだって、まったく理解が……」

思春期の不安に駆られて小さくなっているその親友に、私はちゃんと言ってあげた。

「仮に青嵐くんがそうだったとしても、全然変じゃないってば。それに私たちが友達なのは、その……変わらない、よね……？」

「ああ……ああ、もちろんだ。そう言ってくれると、マジで嬉しい」

青嵐くんは少しだけ笑った。

こんなデリケートな悩みを打ち明けてくれるなんて、きっと勇気が必要だったよね。私のせいで不安になっていたのなら、きちんと謝っておかないと。

「その、ごめんね？　私が意味深な態度をとってたせいで、余計な心配させちゃって……」

「や、違うんだ！　そういう話がしたかったわけじゃねーんだよ！　そもそも成嶋はまったく悪くねーし、むしろ謝るのは俺のほうなんだって！」

「謝るって、なにを？」

青嵐くんは今日一番の言いにくい話をするみたいに、言葉を詰まらせながら言った。

「その……じつは俺、純也にこっそり頼んでたんだ。成嶋が俺と二人きりになろうとしたら、間に割り込んできてくれって……」

「えっ？」

まったく予想してなかった言葉に、私はびっくりする。

「ほ、ほんと悪ぃ！　成嶋がどういうつもりだったのかは聞かねーけど、あの頃は俺、成嶋と二人になるのが怖くて、純也にそんな無茶ぶりをしてた……俺がチキってたばっかりに、純也にも成嶋にも、マジで嫌な思いさせちまったって、すげぇ反省してる……」

……そう、だったの……？

古賀くんは五人の友達関係を壊したくない人だから、単純にグループのなかでカップルができることを嫌がって、いつも私の邪魔をしてたんだって――ずっとそう思ってた。

だけど違ったってこと？

あれは青嵐くんに頼まれて、やってただけ？

じゃあ……古賀くんは、私にあれだけひどい罵声を浴びせられても、一言も弁解せず、ただ黙って憎まれ役を演じてたってこと……？　そんな人って、本当にいるんだ……？

……なにそれ……どこまで友達思いの、人なんだよ……。

……じゃあそれが、私と古賀くんの、きっかけだったんだ……。

……最低どころか、もう最高のきっかけだよ、それ……。

私は全身に震えるほどの甘い痛みを感じると同時に。

体の芯が熱くなってきて。もう我慢ができなくなって。

「んふ」

声に出して笑っちゃった。

「だからさ……純也を悪く思わないでほしいんだ」

思うわけがない。

だって私は、今の話でますます古賀くんが好きになった。

限界が見えないこの『恋』に、心の底から痺れきっていた。

「悪いのは全部俺なんだ。純也に嫌われ役を押し付けて、最低だよ俺。マジでごめん」

「ううん、謝らないで。そんなの絶対だめ」

そう。絶対にだめ。

私はこの件で謝られることを許さない。絶対に認めない。

だって青嵐くんの頼みがなければ、古賀くんは私の邪魔をしてこなかった。それがなければ今の私と古賀くんの関係はなかった――私がこの『恋』を見つけることもなかった。

謝罪はその運命の否定だから、青嵐くんが謝ることを私は決して許さない。

「むしろ感謝しかないよ。本当にありがとうね、青嵐くん」

嘘偽りない真摯な気持ちで、私はそう告げる。

「は……？　ありがとうって……なにが？」

「んふふ。だからさ。古賀くんに横槍を入れさせてくれてありがとう、って言ってるの。あーもう、あれは本当にうざかったなあ～。コンクリで沈めてやろうかと思ったよ。あっはは！」

「うざかったから、ありがとう……？　なに言ってんだ成嶋……？」

「さあねえ？　なに言ってるんだろうね私？　あははっ！　あはははははっ！」

青嵐くんは困った顔をしていた。

「なあ……一応聞くけどよ。純也のこと、嫌ってるわけじゃ……ないんだよな……？」

「もちろんだよ？　どこに嫌う要素があるの？」

「や、だってお前……まあいいか。とにかく俺が全部悪かったんだ。マジでごめんな」

「だからさ。謝らないでよ青嵐くん。こっちは本当に感謝してるんだってば。あんましつこいと、思いっきりパンチしちゃうぞ～？　んふふ」

「そ、そうか。てかお前……なんつーか……いつもと雰囲気ちがくね？」

「そう？　んふふ……」

そのあとも私と青嵐くんは、いろいろお喋りしながら一緒に帰った。

「なあ成嶋。その、もしかしたら俺が無性愛者かもしれないってことは、みんなには……」

「うん、わかってる。誰にも言わないよ。もし困ったことがあったら、いつでも言ってね？」

秘密を打ち明けてくれたことは親友として素直に嬉しいし、これからはいろいろ相談に乗ってあげたい。

それはもちろん本心なんだけど。

「つーかこの季節の体育ってだるいよなあ。俺らは来週からハードル走なんだけどよ――」

「うん」

どうでもいい雑談に関しては、ほとんど頭に入ってこなかった。私は青嵐くんが投げかけてくれる話題に対して、当(あ)たり障(さわ)りのない返事を自動的に返すだけ。

私は隣にいる大事な親友をぞんざいに扱って、まったく別のことを考えていた。こんなのいくらなんでも黒すぎるし、親友にそんな態度をとってる自分に慄(おのの)いてしまうほど。

だけど今だけは、どうしても自制が効きそうになかった。

明日には気持ちを落ち着けるから、どうか許してほしい。

だって私の頭のなかは、もう日常的な話題が本当になにも入ってこないほど。

一分の隙間もないくらい、古賀くんに対する苛烈な恋慕で埋まっていたから。

他人の恋の邪魔をする人を悪霊(あくりょう)と呼ぶのなら。

自分の恋に狂っている漆黒の私は、魔女あたりかもしれない。

いつもの交差点で青嵐くんと別れたあと、私は何気なくスマホを見た。

古賀くんから連絡とかきてないかな、なんて期待しつつ見てみた。そしたら。

「――ほんとにきてるしっ⁉」

いま古賀くんは、火乃子ちゃんと二人きりで遊びに出かけてる最中なのに。

それでも私に連絡をくれた！　一瞬でも私のことを考えてくれたんだ！

もう飛び跳ねるくらい嬉しくて（実際飛び跳ねた）、メッセージの内容を急いで確認する。

古賀純也【CD屋にエルシドPが来てる！】

古賀純也【月とヘロディアスのインストアライブ、今日だった！】

なにか返信の文面を送ろうとしたところで、指が止まる。

……んふふ。わざわざそんなの送ってくるなんて、古賀くんらしいなあ。

「私も、見に行こうかな……」

……これは別に、古賀くんと火乃子ちゃんの様子が気になるからじゃない。

私もライブが見たいと思っただけ。だって後夜祭のステージで演奏させてもらうアーティストなんだし、本人のライブが見られるなら、絶対見てたほうがいいもんね。

インストアライブが開かれている駅前のCDショップに、急いで向かう。

古賀くんからのメッセージを受信していた時間は、少し前だった。たぶん私たちがまだ、音楽準備室にいたとき。だから早く行かないとライブ自体が終わってしまう。

てゆーか、もう終わってる可能性が高い。私も自転車を持ってたらよかったな……。

田舎町にしては若干都会的な駅前に、やっとたどり着いて。

目的地のCDショップに飛び込んだ。

ここは五階分のフロアがある大型店で、一番上の階がイベントスペースになっている。

エレベーターを待つ時間も惜しい私は、階段で駆け上がった。

その時点でもう気づいていた。音がまったく聞こえてこないから、インストアライブはとっくに終わってるんだって。

それでも私は一縷の望みにかけて、イベントスペースのフロアに飛び込む。

――やっぱりライブはもう終わっていた。

お客さんは誰も残ってなくて、お店のTシャツを着たスタッフの人たちが、機材とかの撤収作業をしている最中だった。

肩で息をしながら、それでもあたりをきょろきょろ見回していると、

「インストアライブでしたら、もう終わりましたよ」

段ボールが積まれた台車を押しているスタッフに、そう言われた。

そっか……さすがにもう、いない……よね…………なんだ……。

私はライブよりも、古賀くんに会えなかったことのほうが、がっかりだったらしい。

まあ今日は火乃子ちゃんとのデートなんだし、私が途中参加するのも悪いよね。古賀くんはアパートのお隣さんで、私なんていつでも会えるんだし。はあ。

重い体を引きずるように、出口に向かう。

「もしかして……夜瑠さん？」

声をかけられたんで、勢いよく振り向く。

だけどそこにいたのは、いま私が一番会いたい人じゃなかった。

そもそも古賀くんは私のことを、「夜瑠さん」なんて下の名前で呼んだりはしない。

私に声をかけてきた人は、白のワイシャツに黒いスラックス姿の細身の男性だった。

年齢は二十代後半。ワイシャツは少し着崩しているけど、決してだらしなくは見えず、むしろ洗練されたアーティストって感じの、おしゃれな大人の男。

実際その人は、本物のアーティストだった。

私は軽く頭を下げた。

「お久しぶりです……エルシドさん」

月とヘロディアスのコンポーザー。すべての楽曲の作詞作曲を担当していて、自身もギターとして表に立っている、男女二人組バンドの男性のほう。ファンの通称は「エルシドＰ」。

そんな人気バンドのエルシドさんと私は、じつは知り合いだったんだけど。

それでも、いま私が一番会いたい人じゃなかった。

怪訝な目を向けてくる撤収スタッフたちに、エルシドさんは手をかざすだけのジェスチャーで「構わないよ」と無言の合図を送る。

そして改めて、制服姿の私を見た。

「……驚いたな。夜瑠さんって、まだ学生だったんだ」

「すいません。お客さんには内緒にしていたので」

初めてエルシドさんに出会ったのは、私が中学三年の頃。

当時の私はいろいろあって、マサシっていう危ない奴の下で働いていた。

マサシは仲間内でライブハウスやクラブを回している男で、私はそれぞれのお店でお客さんにお酒を提供する臨時のバーテンとして雇われていたんだ。

そんな私が派遣されるお店のなかには、音楽バーもあった。

音楽バーっていうのは、お客さんのリクエストを受けて、店内のモニターにいろんなバンドのライブ映像やミュージックビデオを流す趣向のお店で、あとは普通のバーと変わらない。

エルシドさんは、その音楽バーの常連客だった。

ちなみに「エルシド」っていうのは、もちろんアーティスト名。本名は知らない。

物静かで落ち着いた人で、マサシのお店にくるお客さんのなかでは、私も話をしていて一番楽しかった男性だ。音楽バーにくるお客さんはみんな音楽に詳しかったけど、私とエルシドさんは、とくに音楽の趣味が近かった。

もともとボカロで曲を発表してた人だけど、もうその時点で月とヘロディアスの活動も始めていたみたい。メディアへの露出は元来抑え気味だったから、ほかのお客さんたちが騒ぐこともなく、バーテンとして入っていた私と静かにゆっくり話ができていた。

その音楽バーにはギターも置いてあったんで、エルシドさんのリクエストに応じて何度か弾いてみせたこともある。プロの前で演奏するのは恐縮だったけれど、エルシドさんは別に驕ることもなく、柔らかいアドバイスをしてくれたっけ。

あれから私はマサシと縁を切ってお店も辞めたから、もうエルシドさんと会って話すこともないだろうなって思ってたんだけど……まさかまた、こんな機会があるなんて。

もちろん音楽が好きな私にとって、この再会は嬉しいことだった。

確かに、嬉しいことだったんだけど——。

「インストアライブが見れなくて残念でした。それでは今後も応援しています」

端的に話を打ち切って、踵を返した。

だって古賀くんがいないなら、もうここに用はないから。

「はは、相変わらず独特の調子だね。ギターもまだ続けてるんだ？」

私が背負っているエレキ用のソフトケースを見て、そう言ってきた。

エルシドさんは決して引き止めるわけじゃなくて、ただ会話を切らなかっただけ。

ここで「待って」とか言われていたら、きっと私の耳には届かなかったと思う。

だからこそ、冷静になることができた。

……そうだった。私は今度の文化祭でエルシドさんの曲をやるんだ。せっかく話しかけてもらえたのに、無視して帰るなんてありえないよね。

足を止めた私は、「はい」と答えながら振り返った。

「じつはいま友達とバンドを組んでいて、今度の文化祭では月とヘロディアスの『群青色（ぐんじょう）』をやらせてもらう予定なんです」

「へえ、そうなんだ。夜瑠さんに僕らの曲を弾いてもらえるなんて光栄だよ。もし都合がつけば、僕も見に行っていいかい？」

「ええ。ぜひ」

エルシドさんを含め、マサシのお店で出会ったお客さんたち相手には平然と話せる。別に嫌われたくないとか、仲良くしたいとかは一切思わなかったから、学校にいるときみたいな弱々しい一面が出ないんだ。

ううん、そればかりか。

「このあと時間ある？　よかったら食事でもどう？」

「無理です」

ちょっと攻撃的な物言いにすらなってしまう。お客さんのなかには私を口説こうとする面倒な人たちも多かったから、対外的なバリアを張ってしまう癖がついていた。

自分でも改めて、いろんな側面をもっている人間だと思う。でも決してわざとやってるわけじゃない。

「曲について聞きたいこととかたくさんあるんですけど、今日は気が乗らないので、ごめんなさい。あと男の人と二人だけで行くのも控えたいんです。プロの方相手に失礼なこと言ってるとは思いますけど」

「はは。気にしなくていいよ。むしろ夜瑠さんにあっさり承諾されると、却って不気味だし」

私の年齢を知らなかったとはいえ、エルシドさんはずっと年下の私のことを「夜瑠さん」と丁寧な敬称をつけて呼んでくれる。

なんだか大人扱いをしてもらっているみたいで、少し嬉しかった。

「でもあれだね。男と二人で行くのは控えたいって、彼氏でもいるみたいに聞こえるけど？」

「はい」

実際はまだ彼氏じゃないけど、そう言い切った。

エルシドさんは穏和な笑みで返してくる。

「へえ、いるんだ。どんな子？」

「そうですね……ガキでうざくて、すごく音痴な男の子です」

「ぷっ」

拳を口元に当てて吹き出す。大人の男性なのに、笑顔は少年みたいにかわいらしい。

「ああ、気に障ったらごめん。僕の知ってるあの夜瑠さんがそんな軽口を叩くなんて、かなり意外で。その子のこと、よっぽど好きなんだね」

「はい」

「そんなにまっすぐ言われちゃうと、年甲斐もなく羨ましくなるよ。その彼氏くんが」

「相変わらず、ご冗談がうまいですね」

本当にそう思う。あの音楽バーで働いているとき、じつはエルシドさんから食事に誘われたことは何度かあった。お客さんと店の外で会うのは嫌だったから、もちろん全部断ってきたんだけど、まったく揺れなかったといえば嘘になる。

なにもプロのアーティストだからじゃない。エルシドさんは下心をストレートにぶつけてくるほかのお客さんたちと違って、本気で言っているのかどうかわからないギリギリのラインを突いてくるのが上手な人だった。だから話していて楽しかったんだ。

明らかに女性慣れしているけど、決して軽薄には見えないスマートな誘い方ができる男性。

もし私がもっと大人の女だったら、こういう男となら少しくらい火遊びをしてもいいかも、なんて思ったりするのかもしれない。

だけどそれは、あくまで仮の話。今の私には古賀くんがいるから、絶対にありえない。

「じゃあ僕と二人じゃなければ、食事もオッケーってことでいいよね」

エルシドさんのそれは、質問じゃなくて確認。

そして逡巡する隙も与えずに、畳み掛けてくる。

「仲のいいスタッフにも同席してもらうよ。それとも『Cな』のほうがいいかな」

Cな、というのは月とヘロディアスのボーカルを務める女性だ。とても歌がうまくてかっこいい大人の女性で、その名前を出されると、さすがに興味が湧いてくる。

「そう、ですね……でも……」

「じゃあこれ、僕の名刺。いつでも連絡くれていいよ。じゃあね」

私が答えを出す前に、名刺を握らせて早々と立ち去っていった。

これがエルシドさんの、いつものやり口だった。

返事を聞くまで執拗に食い下がってくる男が多いなか、エルシドさんは決してそんな無様な真似をしない。相手が連絡したくなるように誘導して、あとはただ待つだけ。

子どもが持ち合わせていない大人の余裕。ただ押すだけじゃなく、引くという技術をきちんと使いこなせる紳士タイプの遊び人。どういうつもりで接しているのか本当にわからなくて、この駆け引きにメロメロにされてしまう女の子はきっと多いと思う。

私もエルシドさんのそういう大人なところが、少しだけ好きだった。

……もちろん恋愛感情じゃないけれど。

「本当に、モテそうな人だなあ……」

思えば『月とヘロディアス』ってバンド名も、エスプリが利いている。

前に本人から聞いたことがあった。ヘロディアスっていうのは、夜中に魔女たちを引き連れて行進させる女神のことだって。

魔女たちが崇拝する夜の女神と、そのすべてを照らす月。

きっと悪いお月様なんだろうなあ、なんて思いながら、もらった名刺をポケットに入れた。


アパートに戻ってきてからの私は、もうずっと落ち着かなくて、そわそわしていた。

「古賀くん、まだ帰ってこないのかなぁ……」

ベッドに座ったまま、お気に入りのウサギのぬいぐるみをぽふぽふ叩いては、なんとなく立ち上がって、部屋の中をうろうろ。

たまに外に出てみようと思い立ち、外に出たら隣の古賀くんの部屋から明かりが漏れてないことを確認して、素通りする。そのままアパートの下へ。アパートの周りをぐるりと一周してから、自分の部屋に戻る。そしてまたベッドに座って、ウサギのぬいぐるみをぽふぽふ。

それを繰り返していた。

古賀くんのスマホには一通だけメッセージを入れておいた。『デート楽しんでるか～い？』って。できるだけ明るく、能天気を装って。

まだ既読がついてないから、立て続けに送ることは控えていた。今も火乃子ちゃんと一緒にいるなら、あんまり送ると迷惑になっちゃうだろうし。

「……よし。もう一回、外に出てみよう」

膝に乗せていたウサギのぬいぐるみを下ろして、私はまた部屋を出る。

そしてやっぱり、古賀くんの部屋にはまだ電気がついてないことを確認してから、そのまま
アパートの錆(さ)びた外階段に向かう。そこで。

「――――ッ⁉」

息が止まって、とっさに身を隠した。足音を殺しつつ、素早く自分の部屋に跳び戻る。

後ろ手にドアを閉めた私は、靴を脱ぐ前にまず、大きく息を吐いた。鼓動を抑えるために。

――いま古賀くんが、アパートの下にいた。これから外階段を登って、私たちの部屋がある
二階にあがろうとしているところだった。

だけど、古賀くんは一人じゃなかった。

火乃子ちゃんと一緒だった。

アパートの下でそんな二人の姿を見てしまったから、私は慌てて部屋に引っ込んだんだ。

たぶん向こうは、私がいたことに気づいてなかったと思うけど……。

がちゃり、とドアが開く音がした。

もちろん私の部屋のドアじゃない。隣の古賀くんの部屋のドアだ。

「散らかってるけど、まあ気にしないよな？」

「もち。つかほんと汚えな、古賀くんの部屋」


……火乃子ちゃんを部屋にあげた……あの人、女の子と部屋で二人きりになった……っ！

心臓がどうしようもなく強く速く、脈打ってくる。

次に私がやったのは、ベッドの上に放置していた自分のスマホの確認だ。

だって古賀くんは今、火乃子ちゃんと部屋で二人きり。だったら私も呼ぼうとするかもしれない。私は隣の部屋に住んでるんだから。

だけど、いくら待っても、そんな誘いの連絡は一向にこない。

もちろん古賀くんにやましい考えなんてないのはわかってる。あの人は本当にくそガキだから、私にそんな配慮ができないだけ。あとで詰めたらきっと、「ああ、確かに成嶋さんも呼べばよかったたな」なんてシラフで言っちゃうような、大バカ野郎だ。

そんなくそガキで、バカで、究極の童貞大王様が、今は本当に恨めしい。

……まさかとは思うけど古賀くん、勝手に童貞大王の位を退くなんてことは……さすがにない、よね……？　こっちはまだ処女なのに……って、なにを考えてるんだ私は。

そんなの、あるわけがない。

だって古賀くんが火乃子ちゃんのことを好きだったのは、もう昔の話でしょ？

仮にあのスペシャル童貞が暴走したとしても、火乃子ちゃんがそんなの許すわけ――あ。

……そういえば、古賀くんはともかく。

……なんで火乃子ちゃんまで、私を呼ぼうとしてくれないんだろ。

……だって私は、隣の部屋にいるんだよ？

慌ててかぶりを振った。

うん、そうだ。きっと火乃子ちゃんは私がまだ学校から帰ってきてないか、バンドの練習とかで疲れてるって思って遠慮してくれてるんだ。だってすごい配慮の持ち主だし――。

壁の向こうから童貞大王様のこんな大声が轟いた。


「ちょちょちょ⁉　なんで鍋にソース入れるんだ⁉」


このアパートは昭和時代から残っている古い建造物で、壁がとても薄い。

だから大声を出すと、隣の部屋にも聞こえてしまう。

私は無意識のうちに、自分の部屋と古賀くんの部屋を隔てる壁に耳を押し当てていた。

最低だって思いつつも、二人の様子がどうしても気になって、会話を盗み聞きしてしまう。

「や、なんでって、ソースで出汁取ろうかなって」

「バカか⁉　いや俺もよく知らんけど、そんな調理法あったとしても、入れすぎだろ⁉」

「あ、オリーブオイルもあんじゃん。これも使おっと」

「無視すんな。朝霧さんってマジで料理できるんだろうな？」

「だからできるっての。てか古賀くん、料理しないとか言う割に、意外と調味料揃えてんね」

「それは、その……まあな……」

「んじゃあたし、こっちやっとくから、古賀くんは野菜切っといて。ハサミで」

「わくわくサ〜ン！　作って遊ぼうよ〜！　って、変なノリさせんな。ハサミで切れるか」

「古賀くんってほんと楽しい奴だよなあ」


──二人で料理をしている。

火乃子ちゃんが古賀くんに、料理を作ってあげようとしている。

私が古賀くんのために用意した調味料を使って、キッチンに立っている。

そこは私の、場所なのに。

楽しそうな二人の会話を耳にしてしまった私は、なんだかとてもつらくなって。

「ひどいよ古賀くん……」

つらくて、悔しくて、涙が溢れてきた。

ただ。

悲しいと思えば思うほど。

古賀くんに対する恋慕の情が、暗く濃厚に、途轍もなく肥大化していく。

私は床にぺたんと座り込んで、ベッドに背を預けて。

そこに置いてある、子どもっぽいウサギのぬいぐるみに……ではなく。

腿の付け根に、手を伸ばしていた。

もう抑えきれないくらい――疼いていたから。

「こんなに好きなのに。隣にいるのに。ほんとひどいよ……」

もう片方の手で、テーブルに置いたままのプリントシールを取る。それは少し前、みんなでゲームセンターに行ったときに、古賀くんとこっそり二人だけで撮った宝物のシール。

シールに写っている私は、古賀くんのほっぺたを両側に思いっきり引っ張っていて。とても楽しそうな顔をしていて。一方で古賀くんのほうは痛そうにしてるけど、でもやっぱりどこか笑っているように見えて。

「……好きだよ古賀くん……本当に、好き……大好き……ちゅ……」

シールの古賀くんに何度もキスをしながら、私は右手を下着の内側で懸命に動かす。

隣の部屋では、古賀くんと火乃子ちゃんが楽しそうに料理をしている最中なのに。

私は薄い壁一枚を隔てた部屋で、声を必死に押し殺して、シールのなかでは私と二人きりで笑っている古賀くんに想いを馳せながら、こんないけないことをしてしまう。

「……ん……ふぅ……」

自分が少しおかしな子だってことは自覚していた。

だけどここまで歪(ゆが)んでいるとは、思っていなかった。

悲しくて、悔しくて。

そんなつらい気持ちを、私は蕩(とろ)けるような快感で、黒く深く塗り潰していく——。

ふと、昔絵本で見た、禍々(まがまが)しいスープをかき混ぜる魔女の姿が脳裏をよぎった。

気味が悪いとは思いつつも、私は暗すぎる漆黒の情念に抗(あらが)いきれず。

「……はぁ……っ……好き、古賀くん、好き、好き、好き、好き……あ……んぅっ……」

闇のように濃い愛を口にしながら、禍々(まがまが)しい自分をかき混ぜ続けた。

第五話　旧友

最初は外食するつもりだった。

まさか朝霧さんと料理をすることになるなんて、俺だって思ってもなかった。

放課後に朝霧さんと駅前をぶらついていた俺は、ふいに月とヘロディアスのインストアライブが今日だったことを思い出して、二人でそのライブを見に行ったんだ。

そのライブは本当にめちゃくちゃ良くて、終わったあと「Cなさんの生歌やばすぎる！」とか「エルシドPの作詞センスはマジで神！」とか俺一人で大騒ぎしていたら、朝霧さんがこう言ってきたんだ。

「あたし初めて聞いたけど、確かによかったね～。音源とか結構持ってたりする？」

インストアライブはその場でのCD購入が入場券代わりになるんで、朝霧さんも一枚だけ買っていた。でもほかの曲にも興味をもってくれたらしい。

もちろん喜んだ俺は、明日学校に持って行ってやるって言ったんだけど、

「むしろ今から取りに行っていい？　ついでに古賀くん家でご飯も食べよーぜい」

そんな感じで返ってきたんだ。

断る理由なんてどこにもなかった。一刻も早く推しバンドの音源を渡したかったし、そもそも俺と朝霧さんは友達なんだから。そこで変に意識するほうがどうかしてるだろ。

そんなわけで、途中のスーパーで買い出しをして、俺の部屋に行って。

朝霧さんと一緒に料理を作ったんだけど、俺たちは二人とも死ぬほど下手で。

「あんまりおいしくないね」とか「失敗は成功のもとだろ」とか言いながら、楽しく食った。


朝霧さんをチャリで駅まで送ったあと、一人でアパートまでの田舎道を戻る。

昼間は突き抜けるような秋空だったから、放射冷却の影響で夜は一気に冷え込んでいた。さむ、と漏らして、いつもより速くペダルを漕ぐ。


——キスしよっか。


昨日朝霧さんに唐突に言われたその一言が、ふと頭をよぎった。

……あれってやっぱり、ただの冗談だったんだよな？　今日だってそんな空気は一切なかったし……てか、わざわざ蒸し返すとか、きもいぞ俺。

そんなことを考えながら、アパートの下まで戻ってきたところで。

「……あ」

「おう」

どこかに出かけようとしていた成嶋さんと、ばったり出くわした。

「どこ行くんだ？」

チャリから降りて、そう尋ねる。

「……ご飯まだだったから、ちょっとコンビニに」

成嶋さんはなぜか俺から視線を外してそう言った。気のせいか、頬がちょっと赤い。

「どした？」

「その……いま本人を見るのは、さすがに恥ずかしいっていうか……きつい、です……」

「？？？？？」

「と、とにかく、私はコンビニ行くの！　じゃあね！」

急に大声を出す成嶋夜瑠。なんだか慌てているようにも見える。

「さてはあれだな？　コンビニにエロ本でも買いに行く気だな？　このどすけべ」

実際はコンビニにエロ本なんて置いてない。だからあくまで、からかうつもりで言っただけなんだけど。

「ばっ……!?」

成嶋さんの反応はやけに大きかった。

「ばば、ばっかじゃねーの⁉　まじで死ねよくそざ古賀！」

「なんかそれ、久々に聞いた気がするな。エセ陰キャのエロ痴女おっぱいめ」

「だ、誰が痴女だこら⁉　まじで誰のせいだおい⁉　言っとくけど妄想で好き勝手したことは絶対謝らないからな！　だ、だってそっちが悪いんだからなっ！」

なに怒ってるんだろ。

「まあいいや。もう夜だし、コンビニに行くなら乗せていってやるよ」

チャリの荷台を叩く。

成嶋さんは少し考え込んだあと、ぷいっとそっぽを向いた。

「いい」

「なんで？　いつも俺の『ネオ純也号エクストラ』をタクシー代わりにしようとするくせに、遠慮するとか珍しいじゃん。夜道で一人は危ないから乗ってけって」

「だってその『ネオ純也号エクストラ』で、いま火乃子ちゃんを送ってきたんでしょ」

「ああ。結構遅い時間になっちゃったからな」

「……………やっぱり火乃子ちゃんと二人乗りしたんだ……そこ私の席なのに……」

「あれ？　てか朝霧さんが俺の部屋に来てたこと、知ってんの？」

「壁薄いもん」

「そっか。あ、じゃあ成嶋さんも呼べばよかったな。隣なんだし」

すると奴は両手のグーでぽかぽか殴ってきた。

「ほら言った！　シラフで言った！　もう全部予想どおりだし！　絶対それ言うってわかってたし！　もうこの大王、ほんとだめだ〜っ！」

「ちょ、それマジで痛いって……っ！　なんなんだよ、さっきから……」


結局は成嶋さんをチャリの後ろに乗せて、コンビニに向かった。

「……なんでこんなくそガキを……好きになっちゃったんだろ………」

俺の腰に両腕を回している成嶋さんが、後ろでなんかぼそりとつぶやいた。

カスな俺は聞こえなかったフリをする。

「今日の練習はどうだった？」

「普通」

今日のホームルームでは、俺たちのクラスが文化祭でやる合唱の全体練習もあった。そこでスムーズな伴奏を披露した青嵐とは対照的に、成嶋さんのほうは音が途切れがちだった。

やっぱり大勢の前で演奏すると、うまくいかないらしい。

「バンドも合唱もあって大変だと思うけど、まあ……」

「どうでもいい。本番では緊張しないようにがんばるだけだから」

「そ、そっか。なんか俺にできることはないかな」

「ない」

さっきからこいつ、なんかずっと拗ねてるんだよな……。

それでもチャリの後ろに乗って、俺の腰あたりをぎゅっと摑んでいるとこなんて、ちょっといじらしく思えてしまう。

「あ、悪い。そこくすぐったいから、手の位置ちょっと下げてくれ」

「やだ」

なんだその微妙な反抗は……。

田舎の夜道を走ること数分。コンビニについて、チャリを停めて、店内へ。

自炊好きの成嶋さんにしては珍しく、今日は弁当を買うつもりらしい。

「……そういやね」

しばらく変な空気が続いたことを気にしたのか、今度は成嶋さんから話を振ってきた。

「私、今日すごい人に会ったんだよ」

「へえ、誰？」

「教えない」

なんだそれ。

「んふ。本当は古賀くんを愛する女として、誰と会ってきたか全部報告したいんだけどね。でも、すまん。相手の立場もあるから言えないの」

愛する女、の部分でちょっとどきっとしてしまう。

「……まさか有名人とか言うつもりか」

成嶋さんは意地の悪い笑みで、「そだよ」と肯定した。

「しかもすっごい大人の男。知りたい？　でもだめ。私、その人から食事に誘われちゃったんだよね～。さすがにちょっとは揺れたよ？　まあ行かないけどさ。ふふん」

よくわからんけど、これはたぶんあれだ。さっき俺が成嶋さんを部屋に呼ぶことを忘れていたことに対する仕返しだな。また俺に嫉妬でもさせようって魂胆なんだろ。

「……そういう人に誘われたなら、行ってきたらいいのに」

「だから行かないってば。古賀くん嫉妬しちゃうし。ああ、私は古賀くんの身勝手な独占欲で束縛されてるんだね。かわいそうな私。でもしょうがないから、ずっと傍にいてあげよう」

「……どうも」

適当な相槌で流した俺は、買い物を済ませた成嶋さんのビニール袋を持ってやった。

「んも～、ざ古賀のくせに、そーゆー気遣いだけはできるんだからなあ……ま、明日はちゃんとご飯を作りに行ってやる。喜べ」

もしかして——いや絶対そうなんだけど、成嶋さんが今夜コンビニ弁当なのは、俺の部屋に作りに行く必要がなかったからだ。

つまりこいつは毎晩、「ついで」とかじゃなくて、本当に俺のためだけに料理をしてくれてるんだ。

マジで俺なんかにはもったいない女の子だよな、成嶋夜瑠って。

だから素直に言った。ここで言わないのは、さすがにダメだと思った。

「いつも料理を作りにきてくれて、本当に感謝してる。まあ……俺が言える立場じゃないかもだけど……明日の晩飯は楽しみにしとくわ。また一緒に食おうな」

「むふふ。了解。明日は童貞大王様のために、この成嶋シェフが腕を振るっちゃう」

さっきまでご機嫌斜めだった成嶋さんも、やっと本調子を取り戻してきたみたいだ。

「あ、一応聞いとくけど、まだ童貞大王様だよね？　勝手に退いてないよね？」

「なにがだ」


コンビニの袋をチャリの前かごに入れて、サドルに跨る。成嶋さんが俺の後ろに乗ろうとしたところで。

俺のスマホに着信があった。相手は新太郎だった。

一応礼儀として、成嶋さんに断りを入れてから電話に出る。

「どした？」

『あのさ純也。明日の夜って空いてる？』

スマホの向こうにいる新太郎は、ちょっと慌てた口調だった。

「なんだよ急に」

『もし空いてるなら、夕方の六時に駅前のファミレスに来てほしいんだ』

「ああ、メシ行こうって話か？　そういう系だったら……」

傍(そば)に立っている成嶋さんをちらっと見た。恨めしそうな目で、じっと俺を睨(にら)んでいる。

「……悪い、新太郎。明日の夜はちょっと先約が」

言いかけたところで、新太郎が先にかぶせてきた。

『じつはさ。さっき――』

それを聞いた俺は、スマホを持つ手が硬直してしまって。

心臓を鷲掴(わしづか)みにされたような気分になった。

「……わかった。明日の夕方六時に、駅前のファミレスだな。絶対に行くよ」

それだけ言って、通話を切った。

星空を見上げて「ふう」と大きくため息。

「いやいや、『ふう』じゃないよね⁉」

もちろん成嶋さんは怒っていた。

「いま約束したばっかだよね⁉　明日はご飯作りに行くって！　それなのになんで田中(たなか)くんと

ファミレスに行っちゃうの⁉」

「わ、悪い。俺も断ろうと思ったんだけど……ちょっと」

「ひどいひどい～っ！　そりゃ古賀くんが友達大事にする人なのは知ってるし、私だって同じ気持ちだけどさ！　友達はほんとに大事だけどさ！　でもだって今日は古賀くん……ぐす」

最後のほうは、もう涙声だった。

きっと成嶋さんは、さっき俺が部屋で朝霧さんと二人で料理をして、二人で食べたことにも気づいてるんだ。

しかも俺、そのとき成嶋さんを呼ぶこともしなくて、寂しい思いをさせてしまったから。

だからせめて明日は、絶対俺と一緒に食べたいって、こいつはそう思ってくれてたんだ。

それなのに俺は、交わしたばっかりの約束をいきなり破っちゃって……。

「その……マジでごめん……」

だけどそれでも、いま新太郎に言われたことは、とてもじゃないけど看過できなかった。

あの名前を出されたら、断ることなんて、さすがにできなかったんだよ。

成嶋さんは手の甲で両目をぐしぐしこすった。

「……ごめんなさい。わがまま言いました。子どもすぎました」

「いや、これに関しては……百パーセント俺が悪いだろ。だけど、その……」

「いいよ」

そして気丈な笑顔を見せてくれた。

「私はいつでもご飯作りに行けるし、明日は田中くんと食べてきて」

こうして俺は、成嶋さんの来訪を二日続けて断ることになった。

で、次の日。

学校のあと俺は適当に時間を潰してから、夕方六時に指定されたファミレスにやってきた。

「あ、純也！　こっちこっち！」

実行委員会議の直後で制服姿の新太郎が、奥のテーブル席から手を振ってくる。

新太郎の正面には、違う学校の制服を着たもう一人の男子が座っていた。

そいつも俺に振り返って、懐かしい笑顔を見せてくれている。

「……ははっ」

俺もつられて笑みがこぼれてしまい、そいつとハイタッチをしてから席についた。

「久しぶりだな――和道」

寺井和道。

俺と新太郎が小一の頃からずっと仲良くしていた、かつての親友だ。

ゆっくり顔を合わせるのは、たぶん中二のとき以来になる。

「僕と和道はゲーム機のフレンドで繋がってたんだけどさ。ただなんとなく、連絡する機会とかもなくて」

「そうそう。おたがい今、なんのゲームやってんのかは知ってたんだけどな。新太郎ってあれだろ。最近まであの屋内戦のＦＰＳばっかやってたろ？　いつ見ても『ただいまプレイ中』になってるから、ちょっとびびってたんだぜ。こいつ、やりすぎだろって」

「あ、ちなみにあのゲーム、来月に大型アップデートくるよ。今度みんなでやらない？」

新太郎と和道のそんなやりとりを聞いてるだけで、俺は懐かしさのあまり泣きそうになっていた。

適当に注文した料理が運ばれてきて、それをパクつきながらそれぞれの近況報告をしていると、やがてこの話に行き着く。

「――――で、和道。お前、めぐみと別れたって、マジなのか？」

そもそも今日は、その話をするために集まったんだ。ただみんな、誰が切り出すのか探ってばかりいたから、仕方なく俺がその役目を買って出ただけ。

和道はしぼんだ顔になって「……ああ」と頷いた。

俺たちはもともと四人組だった。

俺、新太郎、和道、そして――――俺と保育園の頃からの幼馴染だった前田めぐみ。

この四人だった。

もう記憶もおぼろげな小一の頃から、俺たちはずっと四人で一緒に過ごしてきた。

クラスも一緒。下校も一緒。夏休みや冬休みなんかは、もう毎日一緒。

俺にとって、家族同然に思えるほど、本当に大事な四人組だった。

でもずっと一緒だったその四人の関係は、中二のとき、和道とめぐみが付き合い始めたことで、ぶつりと終わりを迎える。

あのときの俺は、和道たちが恋人になってもずっと一緒にいられるなんて、ガキみたいなことを考えていて……ずっと二人についてまわっていた。本当に悪気なんてなかったけど、俺は二人のデートの邪魔をしていることにも気づかなかった、大バカ野郎だったんだ。

それにやっと気づいた頃には、もう和道たちと少し距離ができてしまっていて。

家族同然だった親友四人組は、そこで完全にバラバラになってしまった。

それから俺と新太郎は、青嵐と仲良くなって、今の高校に進学してから成嶋さんや朝霧さんと出会う。

一方和道は、めぐみと同じ高校に進学した。俺たちとは疎遠になってしまったけれど、こいつらはこいつらで、高校でもずっと仲良くやってるんだって思ってた。

だけど、昨日新太郎から電話で聞かされた話は。

——和道が久々に僕らに会いたいって言ってきたんだ。めぐみと別れたんだって。

そんな内容だった。

「めぐみとは高校でも同じクラスになったって言ってたよね？」

新太郎が和道に続きを促す。

「まあな……もう今は話しすらしてねーけど。つか、できねーだろ。顔見んのもきついわ」

「だったらさ、その——」

と、俺はまたバカなことを口走りそうになった。

今からめぐみも呼んで、話してみたらどうだ————って。

そんなこと、できるわけないだろ。

和道はもう顔を見るのもきついって言ってるのに。

その和道が申し訳なさそうに口を開いた。

「本当は今日も、お前らと会うなら、めぐみも一緒のほうがよかったんだろうけど……まあ、さすがにな。だいたい俺がいたら、あいつも絶対こねーだろうし」

新太郎が言いにくそうに返す。

「で、でもさ。今すぐは難しいかもしれないけど、そのうちまた友達になら戻れるんじゃないの？　ほら、そのときはさ。また昔みたいに、僕ら四人で集まって——」

「悪いけど、それは無理だ」

和道は無慈悲に斬り捨てた。

「男女の間に一度でも恋愛が絡んじまったら、もう前みたいな友達関係に戻るなんてまず無理だよ。しかもグループ内恋愛なら、みんなの関係ごとぶっ壊すことになる……最悪だよな」

「————ッ⁉」

俺は本当にばっさり斬られたような、血飛沫が噴き出たような、そんな錯覚に囚われた。

「気を遣って俺らと距離を置いてくれたお前らなら、よくわかるだろ……付き合ってるときはまだいいよ。でもそこにふった、ふられたの要素が入ってきたら、もう完全にアウトだ。あの頃の四人に戻って、またみんなで遊ぶなんて、さすがにできねーわ……」

「…………そ、そっか」

「そりゃ世の中には、友達関係に戻る元カップルだっているんだろうよ。でもみんな絶対、心のどっかで相手を意識してる。俺らはもう、そういうのは嫌なんだ。最後におたがいの連絡先もすっぱり消したし、もう俺とめぐみは今後も話すことはねーだろうな」

——俺たち四人、ずっと一緒にいられたらいいのにな。てか、いようぜ。これ絶対な！

小学生の頃に和道が言ったその約束が、容赦なく俺の脳裏を貫いた。

新太郎がおずおずと尋ねる。

「……ちなみにさ。別れた理由って、その……なんだったの？」

それに対して和道は、目を落としたまま、こう答える。

「まあ……あれだ。ちょっとした行き違いだよ……」

ちょっとした行き違いって、なんだよ。

お前らは真剣に付き合ってたんだろ。真剣に恋愛してたんだろ。

だから俺はもう邪魔にならないように……寂しかったけれど、和道たちが二人きりになれるように、あまりくっついて回らないように意識してきたのに。

その「ちょっとした行き違い」とやらで、俺たちはもう二度と、あの四人で集まることができなくなったっていうのか。

……ふざけるなよ。

悔しかった。腹立たしかった。

和道たちに対して、イラついているわけじゃない。

家族同然だったかつての親友四人組を切り離したうえに、あの最高だった時間を永久に奪ってしまった『恋』という黒い感情そのものに、俺は怒りを覚えている。

当然これは、俺みたいな第三者が口出しできる問題じゃない。筋違いな苛立ちだってこともわかってる。

きっと和道たちは真剣に恋愛してたからこそ、もう話さないって結論を出したんだ。

こいつはもう、俺みたいなガキには考えが及ばない、大人になったんだ。

そんなことはわかってるんだよ。わかってるんだけど、俺は……俺は――――。

後ろの席には、俺や新太郎と同じ美山樹台（みやまぎだい）高校の制服を着た女子たちがいて、みんな楽しそうに恋バナで盛り上がっていた。


「ねえ知ってる？　文化祭と後夜祭の間の、恋のマジックアワー伝説」

「あ、その時間帯に告白したカップルは絶対うまくいくってやつっしょ？　超憧れるわ～」

「ちなみに私、そのマジックアワーで先輩に告ろうと思ってるよん♪」

「うっそ、抜け駆け⁉　めっさロマンチックじゃ～ん。私も恋してーっ」


……ふざけるなよ。

恋なんて、ロマンチックでもなんでもねーんだよ。

もっとどす黒くて、凶悪で――――取り返しがつかないものなんだよ。

憧れる要素なんて、どこにあるんだよ。

和道が申し訳なさそうに、寂しそうに、複雑な大人の顔で言った。

「だから、ほんと悪ぃ……俺らのせいで、あの幼馴染（おさななじみ）四人組を完璧にぶっ壊しちまって……

まあ三人でなら、また遊んでくれると嬉しいわ……」

本当に、もうあの四人で集まることは、二度とないんだな。

もう二度と——永久に、ないんだ。

俺は誰にも気づかれないように、そっと目元をこすった。

憎い。

四人の仲を決定的にブチ壊した、恋という感情がとても憎い。

第六話　防壁

新太郎と和道と別れた俺は、チャリでアパートまでの夜道をひた走る。
さっきファミレスで聞かされた和道のセリフが、やけに胸に残っていた。
……違う。残っていたなんて生易しいものじゃない。
刻みつけられた。
その傷はもう化膿し始めていて、俺の胸を穢し、じくじくと痛め続けていた。

――男女の間に一度でも恋愛が絡んじまったら、もう前みたいな友達関係に戻るなんてまず無理だよ。しかもグループ内恋愛なら、みんなの関係ごとぶっ壊すことになる。

今の俺たち五人組のなかには、もうとっくに恋愛が絡んでいる。
そしてその黒い劇薬は、少しずつ確実に、俺を蝕み始めている。
成嶋夜瑠のことが、どんどん好きになりつつある。

このままだと、今の親友五人組の関係は、遅かれ早かれ、確実にぶっ壊れる。

しかも誰であろう、この俺の手で、ぶっ壊すことになってしまう。

……嫌だ……嫌だ嫌だ嫌だ————嫌だ。

俺はもう友達を失いたくはない。

今の五人組だけは、どうか永遠であってほしい。

だから成嶋さんのことは、もっと突き放すべきなんだ。今のうちに普通の友達に戻るべきなんだ。きっと今がそのギリギリの最終ライン。ここでしっかり切り替えておかないと、俺はもう本当に、成嶋夜瑠のことを友達として見られなくなる。

だからもう突き放す。もう距離を置く。もう色恋とは無縁の、ただの友達に戻る。

今の段階なら、きっとまだ間に合う————。

アパートに帰ってきて。チャリを駐輪場に停めて。

錆びた外階段をあがって、部屋の前にやってくると。

「おっす」

成嶋夜瑠が、そこにいた。

俺の部屋のドアに背を預ける形で、廊下に座り込んでいた。

学校帰りにそのまま来たのか、そいつはまだ制服姿だった。

「ご飯食べてきたんだよね？　晩酌代わりに、どーすか？」

膝に抱えていたスーパーの袋を掲げてみせる。袋の中にはコーラのペットボトルと、お菓子類が入っていた。

「……なんでここにいるんだ」

「だから古賀くんと晩酌したいなって思って、待ってたんだぴょん」

「……そうじゃなくて、なんで自分の部屋にいなかったんだ」

「あら？　今日は語尾のツッコミなし？」

「……いいから答えろ。なんでわざわざ俺の部屋の前で待ってたんだ」

「こっちもバンドの練習で帰りが遅くなっちゃってさ。もうせっかくだし、ここで待っとこうかなって。ほら、『おかえり』とか言ってみたいじゃん？　てわけで、おかえり古賀くん」

もっと突き放すべきだって考えたところなのに。

ただの友達だって思いたいのに。

それなのに、どうして成嶋夜瑠は……こんなにも俺の心を……侵してくるんだよ……ッ！

もう顔が見られなくて、なにも言わずに部屋の鍵を開けた。

成嶋さんも一緒にあがり込んでくる。無言の俺を見て、承諾を得たって思ったんだろう。

やめろ。

「田中くんとなに食べてきたの？　一応食材も買ってあるから、簡単なものなら作れるよ」

「う～、さすがにちょっと冷えたかも。あはは、古賀くんの部屋、なんかあったかいね」

やめろ。

「あ、勝手に待ってたのは私だから気にしないで。愛する人のためなら、むしろ幸せ――」

「やめろッッ！」

部屋の電気をつけようとした成嶋夜瑠に、俺は飛びついて。

ベッドに仰向けで押し倒していた。

シーツの上で、成嶋さんの両手を乱暴に押さえつける。

さっきまで外気にさらされていたその手は、すごく冷たかった。

こいつは一体、どんな気持ちで、俺を待ってたんだろう。冷え込み始めた秋の夜なのに。ボロアパートの薄暗い廊下で、いつ帰るかもわからない俺の帰宅を、一人でずっと。

その姿を想像するだけで、恐ろしくて――だけど胸が痛くなるほど、愛おしくて。

もうなにもかも壊してしまいたくなった。なにも考えたくなかった。

「……古賀、くん？」

暗がりのなかで組み伏せられた成嶋夜瑠は、驚いた目で俺を下から見つめ返している。

その視線を避けるように、俺は右手で成嶋夜瑠の大きな胸を鷲掴みにした。

どこまでも沈んでいく柔らかな弾性。制服越しでもそいつの生温かい体温が伝わってきて。

強烈な目眩を覚えた。一瞬で冷静さを取り戻した。

「――ぁ……ちが、違うっ！　ほんとにごめ……っ！」

慌てて彼女の胸から手を離そうとしたのに。

成嶋夜瑠は自分の冷え切った手で、俺の手を上から強く押さえつけた。仰向けでも形のいい胸が、俺の手のなかで大きくひしゃげる。

その異性の友達は、俺が胸から手を離すことを、決して許そうとしなかった。

「嬉しい」

俺の手を自分の胸に押しつけたまま。ぞっとするほど怖くて、艶かしく濡れた涙声で。

「古賀くんのほうから、こんなことしてくれるなんて……こんなの信じられない。私、ずっと待ってた。ずっとずっと、待ってたんだよ」

薄暗い部屋のなか、窓から差し込むわずかな月明かりに照らされて、成嶋夜瑠の潤んだ両目は控えめに輝いていた。濡れて揺れるその二つの宝石が、俺を魅了して、動けなくする。

「待て。待ってくれ。いくらなんでも、そのセリフはおかしいだろ。だって俺、いま、なんか変だった……俺、成嶋さんを、無理やり押し倒して――」

「待ってたんだよ」

喜悦の涙声を漏らす成嶋夜瑠は、俺に弁明の隙を与えようとしない。

「おかしいだろッ!?」

胸に押し当てられている自分の手を、強引に振り払った。

「俺は今、本当にやばかった！　もうなにもかも、どうでもよくなってた！　もうなにも考えたくなくて……全部面倒で……な、成嶋さんのことを……物扱い、しようと……ッ！」

「だからなに？」

「――っ⁉」

本気で戦慄した。

だってこいつは――笑っていたんだ。

そして俺を逃がさないとでもいうように、下から俺の頬を両手で強く優しく挟んでくる。

「私は古賀くんのものだって言ってるよね。物扱いしてよ。好きなようにしてよ」

「……やめろよ」

「私ね、今すごくドキドキしてる。こんな幸せがあるんだって、もう夢みたい」

「……やめてくれ。頼むから、もう……やめてくれよ……変だよ、成嶋さん」

組み伏せたままの成嶋さんの顔に、数滴の雫が落ちる。

それは俺の涙。弱さに支配されて怯えている、ガキの涙だった。

「最悪だよ俺……友達相手にこんな……もうこのまま消えてしまいてーよ……っ！」

「私、ひどい女だ。古賀くんがそんな顔をするたびに、どんどん好きになっちゃう」

「……なんでだよ」

「だって古賀くんがつらそうな顔をするときは、みんなとの関係と、私との関係の狭間で揺れているときだから。それだけ真剣に、五人のことを考えてくれているってことだから。それは古賀くんの、友達を心から大切にしたいあなたの――優しさだから」

「違う……そういうのじゃない。だって俺、今も……みんなを、裏切り続けてる……っ！」

「みんなのことが本当に大事だからこそ、苦しいんだよね。私のことも同じくらい大切に想ってくれてるからこそ、つらいんだよね。そんな古賀くんだから好き。歪んだ女で、ごめんね」

成嶋夜瑠は下から両手で俺の頭をかき抱くと。

自分の口元に、まっすぐ引き寄せていく。

俺は成嶋夜瑠のそんな強い力に抗えないまま――。

また唇を重ねてしまった。

夏のあの日を最後に、もう絶対にしないと誓った背徳のキス。

その相手は友達のはずなのに。

俺はまたほかの友達に隠れて、成嶋夜瑠とこっそり、そんなことをしてしまう。

「古賀くん……久しぶりのキス……ずっとしたかった……ずっと……ん……」

最低で、最悪で、目が眩むほどの裏切り行為。

秘密のキスは、やっぱりどうしようもなく、甘くて苦い。

「……好きなの……本当に好き……大好き……んんっ……ふぅ……」

また呪詛（じゅそ）のように愛を説いてくる成嶋夜瑠に、身がすくむほどの恐怖を覚えているのに。

「好き……好き……好き……好き、好き、好き、好き、好き、好き、好き好き好きッ！」

津波のように押し寄せる荒々しい多幸感が、ほかのすべての感情を容易（たやす）く圧壊していく。

さっきまで俺は確かに恋情を憎んでいたはずなのに、その理由を考えることすら煩（わずら）わしい。

成嶋さんのやわらかいくちびる。

成嶋さんのあまいつば。

成嶋さんのあついいき。

俺の全部が、めちゃくちゃに、こわされていく。

なんで成嶋さんは、こんなにも情熱的に俺のくちびるを吸ってくるんだろう。

だって俺たち、ともだちなのに。

きもちよすぎて、ばかになるじゃん。

急に体勢が変わった。俺と成嶋さんの位置が逆になった。

今度は俺が成嶋夜瑠に組み伏せられた姿勢になる。

「はあっ、はあっ……私……もうだめ……もう好きすぎて、どうにかなりそう……」

俺の体に跨（また）った彼女は、まだ電気もつけてない薄闇のなかでもはっきりわかるほど、ひどく扇情的な目を向けていた。

濡（ぬ）れた瞳、濡（ぬ）れた唇、荒い呼吸——俺の腰に当たっている、下腹部の熱く湿っぽい体温。

そのすべてが、俺に異性を意識させる。

獣のように下卑た本能を暴力的に叩き起こす。

友達相手には決して抱いてはならないその性的な欲求を、俺は激しく疎み、蔑み、恐怖をして——歓喜に打ち震える。

「……古賀くん……もう、しちゃおう……？」

成嶋夜瑠は俺に馬乗りになったまま、制服のブレザーを乱雑に脱ぎ捨てた。白ブラウスからリボンを抜いて、そのボタンを毟り取るように——。

「だ、だめだッッ！」

大声で制した。制服を脱ごうとするそいつの腕を摑んで、喉が潰れるくらいの声で叫んだ。

俺は寸前のところで、魔物のように醜悪な本能を辛うじて抑え込んだ。

「それは本当に……だめだって………」

馬乗りになっているその美しい女の獣は、じっと俺の瞳を覗き込んだまま。

やがて。

「…………ほんと、ざ古賀」

淫靡で禍々しい情念を発する成嶋夜瑠は、もういなかった。

いつもの軽口を叩いて、ふっと笑ってくれる異性の友達が、そこにいた。

「ここで断っちゃう男って、普通いるのかなあ？　私だってそれなりに傷つくんだぞ？」

「悪いと、思ってる……」

ベッドから身を起こした成嶋さんは、俺に背を向けてブレザーを着直した。

「古賀くんは本当に私のことを、ただの友達として見たいんだね」

「………………」

答えられない。はっきりと「そうだ」って言わなきゃならない場面なのに、どこかで未(いま)だに燻(くすぶ)っている不気味な感情に阻害されてしまったから。

心の底から嫌悪(けんお)する。自制が効かないその『恋』という黒い感情と、それに支配されている脆弱(ぜいじゃく)な俺自身を。

「ま、しょうがないよね。そんな古賀くんだから私は恋しちゃったんだし。私の気持ちは変わらないけど、とりあえずはもう、好きとか言わないようにするよ」

「……その、さ。俺だって実際のところ……本当は……」

なにか言葉が漏れそうになったけど、やっぱり言えなかった。

「さすがに晩酌って空気じゃないよね。今日は……帰るね」

成嶋さんは背中越しにそう言うと、とぼとぼと寂しそうに部屋を出ていった。


成嶋さんが自分の部屋に帰ったあと。

俺は相変わらず電気もつけないまま、暗い部屋の片隅でずっと膝を抱えていた。

今の親友五人組の関係は永遠にしたい。だから成嶋さんとも友達のままでいたい。

それでも俺は、成嶋夜瑠に恋をしてしまっている。新太郎や青嵐と『GKD（グループ内では彼女を作らない同盟）』なんてものを結成したのに、恋をしてしまっている。

そして成嶋さんは俺にまっすぐ気持ちをぶつけてきてくれる。もちろん俺は応えられない。

それが本当につらい。

最初から出口なんて存在しない迷路のなかで、頭が変になりそうだった。


——だからみんなには内緒で、もうこっそり付き合っちゃえば、よくない？


成嶋さんからずっと言われていたその言葉が、反芻される。

「……そんなの……無理だって…………できるわけが、ないだろ……」

頭に乗せた両手をぎゅっと握り込む。そのまま顔の前まで持ってきて、手を開いてみた。

指の間には、俺の髪が何本も絡みついていた。

そこで唐突に。

傍に置いていたスマホに電話がかかってきた。

画面に表示されていた名前を見てから、のろのろと電話に出る。

「……忘れ物か？」

『う、ううん……あの、はは、えっと、その、ほら。なにしてるかなーって……』

さっきまで俺の部屋にいた成嶋夜瑠だった。無理して明るく振る舞おうとしているような、表面上だけは軽快な声だった。

対照的に俺のほうは、自分でも驚くほど暗く沈んだ、か細い声。

「別に、なにも……」

『だ、だよね～。あは、じつは私もそうだったりする』

「じゃあ、なんの用だよ……」

『用がないと電話しちゃあかんのかっ⁉』

だって会話の糸口が見つからない。いつも成嶋さんとはどんな話をしていたのかさえ、俺は思い出せずにいた。

「用がないなら……切るぞ……」

『あ～っ！　待って待って！　じつはある！　言いたいことある！　一個だけ！』

「……なんだよ」

『えと……その……』

電話越しの成嶋さんは、なにか言い淀みながら。

『さっきは本当にごめんなさいっ！』

スマホからそんな大声が聞こえると同時に、薄い壁の向こうから「ゴン」って音がした。

「なんか音、鳴ったけど……？」

『痛たた……あ、ううん、気にしないで』

もしかしてこいつ、壁に向かって頭を下げたのか？

俺の部屋に向かって？　なんで？

そもそもなんで俺は謝られている？

スマホの向こうから、啜り泣く声が聞こえてきた。

『……本当に、ごめんなさい……私、古賀くんに、とんでもないことを……ぐす……』

「だから……なんの話だ……？」

本当になんで謝られているのか、まったくわからない。

むしろ謝るのは俺のほうなのに。

『だって……だって私……古賀くんを無理やり襲っちゃったから……』

――――は？

『古賀くん嫌がってたのに、わ、私、また、キスとか……』

しゃくりあげながら、震えた涙声で、想像もしてなかったことを言ってくる。

『し、しかも私、あのまま強引に、無理やり、こ、古賀くんに、すごくえっちなことしようとした……っ！　わた、こ、こんなに、えっちな女、きらわれ、う……うえええぇぇぇ』

……こいつは、アホなのか。

…………それをしようとしたのは、俺だろ。

……………俺のほうこそ謝って済む問題じゃねーんだよ。

「違うだろ⁉　それを言うなら、先に成嶋さんを押し倒した俺が全面的に……ッ！」

『違わないし！　あれは全然いいんだもんッ！』

「よくねーんだよ！　だって俺は本気で……！」

『だから違うじゃん！　そうじゃないじゃん！』

怒鳴って制した成嶋さんは、涙声はそのままに、静かに口にする。

『私、ずっと守ってきた処女を古賀くんがもらってくれるんだって思ったら、もう本当に嬉しくて、我慢できなくなった……だから私が悪い。古賀くんは謝ったらだめ……あれは本当に幸せだったから、夢みたいな時間だったから、謝られたら、やだ……』

「いや、でも……」

『やだっ！　そんなの聞きたくて電話したんじゃないし！　それ謝られたら嫌なのっ！』

「わ、わかった。わかったから。でもさ。あのときの俺は本当に」

『もうそれ言うな！　私がどれだけ望んできたことか知らないくせに！』

「そ、そうかもだけど、やっぱり俺、謝らないと気が済まな」

『だからもういいんだってば！　それ以上言ったらクチにグーぶっ込むぞ!?』

「………こっわ」

ははは……こいつ、本当に怖いんだよな。もう笑ってしまうくらいに。

『さっきは本当に、乱暴なことしようとして、ごめんなさい……知ってると思うけど、私っていつも古賀くんに乱暴したいって思ってる変な子だから……』

なんだか少し陰鬱な気持ちが晴れてきた俺は、

「うん、それは知ってる」

いつもの軽口で返すことにした。

「すぐほっぺた引っ張ってくるし、腕ひしぎとかかけてくるし、やたらチカラ強いし」

『だって……古賀くんの困った顔が、好きだから……あ、ご、ごめん。もう好きって言わない約束だったのに、言っちゃった……今のはノーカンでお願いします……』

「それはまあ……自由にしてくれたらいいけど」

『言いたかったのは、それだけです……わ、私のこと、嫌いにならないで……ください……』

「嫌いになんて……なるわけがないだろ」

『ほんとに？　ほんとに嫌ってない……？　私、古賀くんを強姦(ごうかん)しようとしたのに、嫌ってないの……？』

「当たり前だろ……てか、その言葉ってどうなんだ」

『……よかったあ……よかったよお……ほんとにごめんね、ごめんねえ……ふぇぇぇぇ……』

こいつはなんで、そんな心配を……俺が成嶋さんを嫌いになんて、なれるわけがないのに。

なぜか俺まで涙が溢れてきた。

もう自分でも、本当にわけがわからない。めちゃくちゃ怖い女の子のはずなのに、どうしてか、たまらなく愛しくて。

『あのね。本当はね。直接そっちに行って話そうか迷ったんだけどね……』

俺だって直接会って話したいことはたくさんある。

今日は昔の友達に会ってきたんだ、とか。

そっちのバンドの練習はどうだった、とか。

いま壁にぶつけたおでこは痛くないか、とか。

なんだよ俺。会話の糸口なんて、いっぱいあるじゃんか……。

『その……もう十二時だから、さすがに行くのは迷惑かなって……』

「十二時⁉」

慌てて部屋の置き時計を見た。長針と短針が見事にてっぺんで重なり合っている。

『電話だって迷惑な時間だと思うけど……でも一人で部屋にいたら、嫌われたんじゃないかってすごく怖くなってね……明日まで待てなくてね……どうしてもすぐ謝りたくてね……ぐす』

「いやいや、つかもう十二時かよ⁉」

ずっと部屋の隅で膝を抱えてたから、まったく気づかなかった。

俺はそこでやっと、部屋の電気をつけた。

その人工的な白い光がやけに眩しくて、なんだか笑えた。

『ごめんね古賀くん。もう寝るとこだったよね。じゃあ……また仲良くしてください……』

「いや、まだ寝ないよ。時間が経つのが早すぎて、びっくりしただけ」

通話を終えようとした涙声の成嶋さんを、俺は遠回しに引き止めていた。

『……まだ寝ないの？　だったらさ、もうちょっとだけ……お話ししても、いい……？』

「はは。じつは俺もさ、もうちょっと成嶋さんとなんか喋りたいなって思ってたんだ」

さっきまで真っ暗な部屋にいた反動なのか、すごく晴れやかな気分だった。

『んふ。そうだ。ねえねえ、古賀くんに見てほしいって思ってた動画があるの』

「お、なんだそれ。ちょっとタブレット出すわ」

通話を繋いだまま部屋に転がっていたタブレットＰＣを取って、動画アプリを立ち上げる。

「で、なんて検索すればいいんだ？」

『漫才キング決定戦』

「ネタ番組かよ⁉」

『んふふ。私がいま推してる芸人さんがいるんだ。あ、こっちもパソコン立ち上げるね』

俺たちは電話をしながら、それぞれ別の端末で同じ動画を見た。

成嶋さんおすすめのネタ番組の動画だけじゃなくて、バンドの動画だってたくさん見た。

俺が最近お気に入りの配信者の動画も勧めて、一緒に見た。

この芸人面白いな。この配信者の企画いいね。このバンド超かっこいいじゃん。

そんな話をしながら、いろんな動画をたくさん見た。

おたがい薄い壁一枚を隔てた場所にいるのに。同じ動画を見ているのに。

一緒の部屋には、いない。

とても近い場所にいるのに、離れている。離れているのに、やっぱり近い俺たち。

二人の間にあるのは、薄い防壁。

もう友達以上の距離なのに、恋人関係にまでは踏み込めない薄い壁が、そこにある。

やがて動画に飽きた俺たちは、そのまま何気ない会話を続けた。

あんなことがあった直後なのに、もうどっちもその話には一切触れようとせず。

毒にも薬にもならない、どうでもいい長電話を続けた。

それが、純粋に楽しかった。

たとえ微妙な距離でも確かに繫(つな)がりあっていることが、本当に嬉(うれ)しかった。

『だからさ～、青嵐くんも言ってるんだけど、結局は慣れなんだよね』

「人前で演奏しても緊張しないことがか？」

いつしか俺たちは、成嶋さんのギターの話になっていた。

『そーそー。合唱の伴奏もバンドも、まずは人前で弾くことに慣れなきゃいけないの。そんなのわかってるんだけど、私って緊張しいだからさ。そう簡単にはいかないわけだよ』

「まあ大勢の前で演奏するって、誰でも緊張するわな」

『でしょ～？　あ、そういや手のひらに〝人〟って字を書くと緊張……………ふわあ～……』

スマホの向こうで、成嶋さんが大きなあくびを漏らした。

「眠そうだな。そろそろ寝るか」

『ん～……そだね……って、うっそ⁉　古賀くん時計時計！』

なにが、と部屋の置き時計を見てみると。

「五時⁉」

秋の日の出は遅く、窓の外はまだ暗かったけど、時計はいつの間にか朝の五時を指し示していた。俺もさっきから何発かあくびを噛み殺していたけど、どうりで眠いはずだ。

『んふ。ずいぶん長電話しちゃったね』

「ほんとだよ。隣の部屋なのに」

でも今はこの薄い防壁を挟んでいたからこそ、こんなに楽しく話せたんだと思う。

どっちも暗い恋情なんかには支配されず、限りなく恋人に近いただの友達として――――。

『あと三時間後には学校かぁ〜。ふわあぁ〜……』

「言うな。現実を思い知らさないでくれ」

『じゃあね、古賀くん。また三時間後に。学校で』

「おう。じゃあな。遅くまで付き合わせて悪かった」

俺たちは同じアパートに住んでいるけど、一緒に登校したりはしない。

『ううん。私もほんとに楽しかった。じゃあね』

「ああ」

『…………』

「……いや、切れよ」

『……古賀くんからお願い』

このあと俺たちは「いっせーの、で切ろうぜ」とか言い合いつつ、それでもやっぱりどっちも通話を切らず、ぐだぐだと五分ほど、貴重な睡眠時間を無駄にした。

この長く続いた楽しい時間が、それだけ名残惜しかったんだ。

「ふわあ〜……」

通話を終えた俺は、もう我慢する必要もないあくびを盛大に漏らして、ベッドに入る。

成嶋さんとたくさん話したおかげで、それまでの沈んだ気分は、とっくに霧散していた。

あの五人の関係を壊したくないのはもちろんだけど、今は悩んだってしょうがない。

とにかく俺は俺らしく、みんなで過ごす時間を大事にして、バカで青臭い思い出をいっぱい作っていくだけだ。成嶋さんとの関係は、そのなかできっと最善の答えが見つかるだろう。

そんなふうに、前向きに考えられるようにさえなっていた。

五時間にも及んだ長電話の最後にしたのは、成嶋さんのギターの話。

人前で演奏するのは緊張するけど、それはあくまで「慣れ」って話だった。

「慣れか…………って、待てよ」

いかにも俺らしい、面白いことを思いついた。

——はは。そうだよな。やっぱ俺、うじうじすんのは、性に合ってないわ。

第七話　金色

「はふ……」

私は女子更衣室で体操着を脱ぎながら、またあくびを噛み殺した。

昨日は……ううん、今日は朝の五時まで古賀くんと長電話しちゃったから、かなり眠い。

しかも今日に限って、一時間目から私の苦手な体育だったんで、だいぶしんどい。

先生には悪いけど、次の二時間目の授業はちょっとだけ寝ようかな……。

きっと古賀くんも今ごろ眠そうにしてるだろうなって考えると、さすがに申し訳なく思う。

でもあの長電話は、とっても楽しかった。

本当は古賀くんの部屋に行ってお喋りしたかったんだけど、昨日だけは壁一枚を挟んだ音声だけの通話がちょうどよかった。あんなことがあったあとだから、その微妙な距離感が私たちにとっての最適解だったんだ。

気兼ねなく楽しく話せたし、これからはきっと向こうも普通にしてくれる……と思う。

昨日の私は――――本当にだめすぎた……。

古賀くんからは「もうキスとかナシ」って言われていたのに、それでも無理やりしてしまって……それどころか私は、勝手にもっと先に進もうとした。

古賀くんに「だめ」って止められたときだって、本当は無視しようとしたんだ。

あのときは、それだけ理性を失っていた。

もしあのまま強引に最後までしちゃってたら、私は間違いなく嫌われてた。

古賀くんに嫌われるなんて……そんなの……考えただけで、怖すぎるよ……。

また涙が出そうになって、両目をこすったところで、隣のロッカーで着替えていたクラスの女子たちの会話が耳に入った。

「つかもうすぐ文化祭だけど、あんたどうすんの？　恋のマジックアワー伝説」

「うーん、今回はパスかなぁ。告る相手もいないし」

恋のマジックアワー伝説。

この学校に伝わる都市伝説……っていうか、おまじないかな。

マジックアワーっていうのは、もともと写真とか映画の用語だって火乃子（ひのこ）ちゃんに聞いたことがある。日没前後に太陽が大きく傾く時間のことで、とくに日が沈んだ直後のわずか数十分ほどの時間帯は、藍色の夜空に茜色（あかねいろ）の残光がある状態で、すごくいい画（え）が撮れるらしい。

つまり太陽はないけれど、まだ明るい時間帯。夕方と夜の間に現れる数十分間だけの魔法の空。それがマジックアワーなんだって。

文化祭本番と後夜祭の間に跨がるそのマジックアワーに告白すれば、そのカップルは絶対にうまくいく……っていうのが、恋のマジックアワー伝説だ。

なぜか文化祭の日限定らしいけど、まあ学生のおまじないなんて、そんなもんだよね。

「告る相手なんて適当でいいじゃん。もうクラスの宮渕とかにでも、ノリで告ってみれば？」

女子たちの会話は続く。宮渕っていうのは、青嵐くんのことだ。

青嵐くん、自分は無性愛者かもしれないって不安になってたよね。私にしか言ってないみたいだったし、なにかあれば気兼ねなく相談してくれたら嬉しいんだけどな。

「んー、だったら私はまだ田中かな。あいつ絶対、浮気とかしなさそうだし」

と言ってるのは、文化祭の実行委員で田中くんと一緒の堀江さん。堀江さんは田中くんとも話す機会が多いから、案外本気だったりするのかも。

ここで青嵐くんと田中くんの名前は出ても、古賀くんの名前は絶対出ないところが面白い。

そりゃそうだよね。あんなの好きになる女子なんて、きっと私くらいだろうし。

ふふ。そういや深夜の長電話で、こんな話もしたっけ。

——どうせ女は全員面食いだからな。みんな絶対、顔で男を選んでるだろ。

——いやいや、古賀くんがそれ、私の前で言うの？

——なにが？

――もしかしてだけど、古賀くんって自分でイケメンだと思ってる？

――だからなにが言いたい？

あはは。思い出しただけで笑っちゃう。

そんな私の笑顔を止めたのは、堀江さんたちのこんな会話。

「綺麗な時間に告白して、綺麗な恋が実る伝説か……あ〜、やっぱ彼氏ほしぃ〜っ」

「確かにロマンチックだよねえ。はあ、恋ってなんて美しいんだろ」

「…………そう、なのかな……」

私は思わず、ぼそりと独り言を漏らしていた。

恋ってそんなに綺麗なものかな。美しいものかな。

それだけじゃない気がする。実際はもっと湿っぽくて、薄暗くて、秘密主義で……。

「なんか言った成嶋さん？」

堀江さんたちが私を見ていた。明らかに不機嫌そうな顔だった。

「あ、う、ううん……ご、ごめんなさい……」

丁寧に頭を下げて謝った。決して悪気があったわけじゃない。綺麗な恋に憧れるのは誰でもそうだし、他人の価値観を否定するつもりだってなかった。

ただ私は、自分と古賀くんとの微妙な関係を考えていたから、ついそんな独り言が漏れてしまっただけだ。本当に申し訳なかったと思う。

　それでも堀江さんたちの矛先は私に向いたまま。意地悪な笑みで詰めてくる。

「てか成嶋さんってさ。いつも古賀たちと一緒にいるよね。誰か狙ってんでしょ？」

「え？　そ、そんな……」

「やっぱ宮渕？　それとも田中？」

「ちょいちょい。そこは古賀も入れてあげなって」

「いや古賀だけはないでしょ～？　あいつ、いつも張り切りすぎで、めんどくせーし。あんなバカと付き合いたい奴（やつ）は、さすがにねえ？」

………。

「じゃあ古賀って一生童貞？　大魔法使い確定？　やべぇ、それもうチートじゃん」

「きゃははは！　『童貞の俺つえ～』とか言っちゃう系？　古賀ならガチで言いそうだし！」

――――なんだこいつら。

　いま古賀くんを馬鹿にしたな。

　先にこいつらの気を悪くさせたのは確かに私だけど。それはこっちが一方的に悪いけど。

　だけど、それでも。

　ロクに知らないくせに、古賀くんを馬鹿にする奴（やつ）らは、私が決して許さない。

「でもまあ、成嶋さんと古賀なら、案外お似合いだったりして？」

「や、成嶋さんにも選ぶ権利あげなよ〜？　あ、でももし付き合ったら教えてね。きゃはっ」

私だって付き合えるもんなら、付き合いたい。教えられるもんなら、教えたい。

それができない仄暗さだって恋なんだよ。

「……もういいでしょ。それ以上クチを開いたら、本気で怒るから」

「え〜、なになに？　もしかして成嶋さんって、ガチで古賀——……あ」

「黙れって言ったつもりだけど。私」

振り返って私を見ていた堀江さんたちは、息を呑んでいた。

それだけ私の顔が、ドスの効いた声が、怖かったんだと思う。

「な、なに。そんなにキレんなよ……」

制服に着替え終わった彼女たちは、そそくさと離れていく。

「……あの子、おとなしそうに見えてやばいんだって。ずっと宮渕たちにべったりだし」

「……やっぱ火乃子と同じで男好きか。ビッチってやだねえ」

——火乃子ちゃんのことまで馬鹿にした。

もういいや。全員ぶん殴ろう。

私が足を踏み出したタイミングで。

「あらら？　夜瑠、まだ着替えてなかったん？」

体操着姿の火乃子ちゃんが、女子更衣室に入ってきた。

火乃子ちゃんは体育委員で、授業で使ったボールの後片付けとかがあったんだ。

「ちーっす。お、あんたここ、ゴミついてんよ？」

堀江さんの肩をぱっぱっと払って、私に近づいてくる。

火乃子ちゃんはきっと、私たちの間に漂っていた不穏な空気を察したんだ。堀江さんの肩を払いながら、さりげなく「行け」って感じで押したのがわかったし、わざわざ私と彼女たちの間で体操着を脱ぎ始めた。そこに自分の制服は置いてないのにね。

堀江さんたちが舌打ちを残して出ていっても、火乃子ちゃんは気にも留めない。

「てかさー。やっぱ体育委員なんてやるもんじゃないよね。後片付けとか超めんどい」

そして何事もなかったかのように、明るく私に話しかけてくる。

「その……気づいてたんでしょ？　えっと……なんか気を遣わせて、ごめんね……？」

「ん？　なにが？　あ、そだ夜瑠。今度あたしにもギター教えてよ。じつはもう欲しいギターの目星もつけてんだよね～。楽器屋にもついてきてくれたら嬉しいっす」

ほら、こういうところなんて、本当に如才ないと思う。

あくまで平等な関係だと無言の主張ができる人。ただ私を引っ張るだけじゃなくて、私にも引っ張らせることができる、すごい配慮の持ち主。

ちょっとあざとくも見えるけど、それだって場を和ませるための計算が入ってるのかもしれない。だって実際、私は笑ってしまうから。

「……ふふっ」

「お、どした夜瑠？　なんか機嫌良さそうじゃん。んで、今なんかあったの？」

あはは、しかも聞くんだ。

本当にすごい人だなあって、心から尊敬する。

私が今まで会った女子のなかで、本当に一番好きだよ。火乃子ちゃんは。

制服に着替え終わった私たちは、残り少ない休み時間を中庭のベンチで過ごすことにした。

さっきの一件について、私は簡単に事情を説明した。

古賀くんのくだりは話さなかった。恋のマジックアワー伝説のことで盛り上がってた堀江さんたちに、私が漏らした独り言を聞かれてしまったっていう部分だけを話した。

「恋のマジックアワー伝説ねえ……アホらし」

火乃子ちゃんは呆(あき)れたように嘆息した。現実的な人だから、きっとそう言うと思った。

「だいたい夜瑠の言うとおりなんよねえ。恋なんて別に綺麗(きれい)でも美しくもねーし。恋人になったら幸せ全開、なんも問題ナシなんてあるわけねーもん。もうそれファンタジー。夢、夢」

「あ、あの、そこまで言う……？」

同意してくれたのは素直に嬉(うれ)しいけど、正直なところ、私はそこまで思っていなかった。

「や、だってさ、恋愛って内側から見ると、すごく汚いっていうか、絶対傷があるし。綺麗に見えるのは外野にいる第三者だけ。そんなの当たり前なんだよ」

「当たり前……？」

「んー……たとえばさ。欲しいアクセを買ったとするじゃん？」

火乃子ちゃんの感性は面白いから、話していてとても楽しい。どんな話に展開するのかわくわくする。

「これはお金を失う代わりに、アクセを手に入れたってことなわけよ。バイトでお金を稼ぐこともそう。時間を失う代わりにお金を得てるわけ。つまり人はなにかを失わないと、なにも手に入れられない。世の中の常だね」

「うん……それで？」

「恋愛も同じってこと。恋人を手に入れるのと同時に、必ずなにかを失ってるんだよ。それは時間かもしれないし、将来の選択肢かもしれないし――友達かもしれない」

ずきり、と胸が痛んだ。

火乃子ちゃんは続ける。

「それがなにかはわかんないけど、でも必ずなにかを失うの。だから綺麗だって感じるのは、外野にいる第三者か、まだ目先のことしか見えてない付き合いたてのバカップルだけ」

人はなにかを手に入れるとき、必ずなにかを失っている。

……だったらやっぱり、この恋もみんなとの関係も両方かき抱くなんて、無理なのかな。

私のそんな考え自体が、傲慢なのかな……。

「恋人を作っても、なにも失わない……そんなことは、できないのかな……」

「難しいと思うな。こと恋愛に関しては、全部が全部丸く収まって、文句なしのハッピーエンドなんて、さすがにね。ほら、映画とかマンガのラブコメだって、だいたい負けヒロインがいるわけじゃん？　もしくは最初から出さないかのどっちかだよ」

火乃子ちゃんの言葉はあまりにも現実的で、鋭利な刃物みたいに私を抉った。

だけど。

「でもさ。もしなにも失わなかったら、それこそ本当に綺麗な純愛だよね。目指す価値はあるんじゃない？」

そう言って笑ってくれた。

いくら強い言葉を投げかけても、最後には必ず人を安心させるような笑顔を見せてくれるのが、私の大親友だ。

やっぱり私は、火乃子ちゃんを失いたくないよ。

だけど古賀くんとだって、もちろん恋人になりたいよ。

私たちの秘密の関係のことを全部正直に言ったら……火乃子ちゃんはきっと引くよね。私と古賀くんは、こっそり何度も二人だけで会っていて、もうキスまでしちゃってるんだから。

「……私、火乃子ちゃんとは、ずっと親友のままでいたいな……」

「んん？　急にどした夜瑠？」

「だって……」

今の話で怖くなったから、とは言えなかった。

「ふふん。あたしのことを親友って言ってくれた夜瑠に、いいことを教えてあげよう」

火乃子ちゃんはベンチの背もたれに身を預けて、よく晴れた秋空を仰ぎ見た。

「じつはあたし、夜瑠が初めてできた同性の親友だったりするのだ」

「え？」

「あたしってさ。こーゆー性格だから、女子の輪にイマイチ馴染めなかったんだよねぇ」

……それはなんとなく気づいてた。火乃子ちゃんは男子のノリに近くて、明け透けになんでも言っちゃう人だから。全員がそうとは言わないけど、表面上の絆を大事にするタイプの女子とは、間違いなく反りが合わない。

火乃子ちゃんはクラスの女子たちともよく話したりしてるけど、私にはいつもどこか、一歩引いているように見えていた。

「だからさ。あたしは昔から、女子よりも男子たちのほうがずっと仲良かったんだ。でも男子ってほら、中学の真ん中あたりから、女子と話してくれなくなるじゃん？　やけに異性を意識しやがるっていうか、とにかく遊びに誘ってくれなくなるわけよ。と思ったら、急に告ってくる奴がいたりしてさ。こっちとしては『なんじゃそりゃ？』って感じ」

「えっと……それって、友達だと思ってた男の子に、告白されたってこと？」

「うん。そんな奴、結構いたんだよね。あ、これ自慢じゃなくて、ガチで萎えた話だから。こっちはずっと友達だって思ってたのに、向こうはあたしを女として見てたとか、失礼な話じゃね？　性別とか、まじうぜーわ。どうせなら男で生まれたかったよ、あたしは」

「あはは……火乃子ちゃんらしいね……あ、もしかして」

私が思い至ったことを、火乃子ちゃんはしっかりと見抜く。

「そ。高校に進学して今のクラスになったとき、いたんだよな～。まだ子どものときみたいに男女の別とか関係なく、みんな平等に親友として接してくれる、騒がしいお祭り野郎が」

「古賀くん……」

火乃子ちゃんは、女の私でも惚れ惚れする笑顔で頷いた。

「で、古賀くん中心のあのバカ三人の横には、最初から夜瑠がいたでしょ。それを見て、『この男子どもとなら、きっと仲良くやれる』って思ったから近づいたの。ようするにあたしは、その時点で夜瑠とも親友になれるなんて考えてなかったわけ。嫌な奴でごめんね？」

「ううん……」

だって私も火乃子ちゃんと親友になれるとは思ってなかった。

最初はただ青嵐くんと仲良くなりたいだけで、私は古賀くんグループに近づいたんだから。

ふいに火乃子ちゃんは、空を見上げたまま、たまに出る憂いの横顔を見せた。

「……男女の別とか関係なく、友達をやっていきたいって思ってたはずなのに……でも高校生になったら、だめだった……結局はあたしも、ただの女で……もう子どもじゃなかった……」

「え？」

それはどういう意味？

そう聞こうとしたところで。

私と火乃子ちゃんのスマホが、同時にメッセージを受信した。

私たち五人で作っているグループチャットに、誰かが書き込みをしたんだ。

火乃子ちゃんと同じタイミングでスマホを取り出して、同じタイミングでそれを見た。

古賀純也【緊急ミッション。今日の放課後は、みんな予定を空けておくように】

古賀純也【新太郎と青嵐は了承済み。久々に五人で大暴れするから】

古賀純也【あと成嶋さんは、アコギを持ってくること。学校の備品で可】

緊急ミッション？　なにそれ？　てゆーか、なんで私はアコギを？

「……あははっ」

自分のスマホでグループチャットを見ていた火乃子ちゃんが、楽しげに笑った。

「古賀くんって、ほんと面白いなあ。なにする気なんか、まじでわからん」

それには素直に同意なんだけど。

私はさっきの火乃子ちゃんの独り言みたいなつぶやきが、やけに頭にこびりついていた。


教室で古賀くんを問いただしても、「放課後を楽しみにしとけ」って言うばかりで、なにも教えてくれなかった。青嵐くんと田中くんは事情を知ってるみたいだったけど、そっちに聞いてもやっぱり答えてくれない。

なにも知らないのは、私と火乃子ちゃんの女子二人だけで。

放課後になる。

アコギを持ってこいって言うくらいだから、たぶんみんなでカラオケにでも行って、ついでに練習もさせようってことなんだろう。

私はその程度に考えていた。

でも全然違った。くそガキの童貞大王様は、もう本当に予想外のことを企んでいた。

「……なんでそれを先に言わないのっ⁉」

夕方の駅前で、私は古賀くんの耳を引っ張って、怒りを囁く。

古賀くんも小声で返してくる。

「……だって成嶋さん、言ったら絶対に断るだろ」

当たり前だ。

だってこんなの、無理に決まってる。

この夕方の駅前の、帰宅ラッシュ真っ最中の大変な人混みのなかで。

いきなり路上ライブをやるなんて。

「おい成嶋。早く準備しろよ」

ガードレールの前で、すでにアコギを構えていた青嵐くんが、私に言った。

「む、む、無理だって……！」

一応学校のアコギは持ってきてるけど、私はまだギターケースから出してもいない。

だってあたりは、人、人、人、人。

スーツ姿のサラリーマン。小さい子ども連れのお母さん。うちの美山樹台高校の制服を着た女子たちもいる。目で追いきれないくらいの大勢が、私たちの前後左右を横切っていく。

こんな大勢の前で急にギターを弾けだなんて、そんなの……無理でしょ⁉

「やろうぜ成嶋さん。新太郎だってわざわざ実行委員の会議を欠席してくれたんだぞ」

「そうそう。憧れの小西先輩と会うのを我慢してまで、な？」

「だ、だから！　その件で僕をいじるなって言ってるだろ！」

古賀くんと青嵐くんと田中くんが、いつもの調子で楽しそうに（？）盛り上がるなか。

きょとんとしていた火乃子ちゃんが、おずおずと言った。

「あのさ……これってやっぱ、古賀くんの発案なんよね？」

「おう。文化祭でやるクラスの合唱って、たぶん俺が一番、音外すからさ。みんなにも練習に付き合ってもらおうかなって。伴奏の二人だっているわけだし、ちょうどいいだろ？」

「……ふ、ふふ…………あっははははははは！」

火乃子ちゃんは堪えきれなくなったみたいで、お腹を抱えて笑い出した。

「この人までやばすぎだし！　え、練習って、あたしらだけでやんの？　しかもなんで駅前で？　そんなの誰が考えつくわけよ？　あはははははっ！」

田中くんが全身を使ってうなだれる。

「だよねえ……僕だってこんなところで歌うのはやだよ。でも純也ってしつこいからさ。なんか『最近五人で遊べてないし、練習がてらに祭りするぞ』って」

「確かにあたしら、教室以外で集まること自体が久々だけどさ。なんてゆーか……あははっ、もう予想外すぎて、お腹痛い。ガチもんのお祭り野郎じゃん……あはははははっ！」

「ま、遊び半分なんだけどよ。これは純也の練習っつーか、どっちかっていうと、な？」

青嵐くんが苦笑いで私を見た。

そっか……やっぱり、そういうことか……。

古賀くんはきっと、私を人前で演奏することに慣れさせようとして……急にこんな無茶苦茶なことを……。

「もうここまできたら、やるしかないんじゃない夜瑠？　あたしも歌うからさ」

「だね。僕だって恥ずかしいけど……まあ、みんなでバカやるのも久しぶりだし」

「くくっ、いいじゃねーか。俺は純也のこのノリ、昔から超好きだぜ？」

「というわけで、今日は無料カラオケだ。しかも観客つき。な？　これこそ祭りだろ？」

もう信じられない。

なにが無料カラオケなの。これって絶対、道路の使用許可なんて取ってないし。

本当にこの童貞大王様は、みんなで騒ぐのが大好きなくそガキで、バカで、わがままで。

でも自分勝手では決してなくて。ちゃんと私の悩みをわかったうえで、やってくれていて。

だから私にとっては――――やっぱりどうしようもなく、素敵な人で。

あはは、もうほんと、泣けてきちゃう。

みんながやる気になってる以上、私も今さらあとには引けない。背負っていたギターケースを下ろして、学校のアコギを取り出す。

ストラップをつけて肩にかけて、立ったまま弾ける準備をする。

通行の邪魔にならないように、私たち五人はガードレールの前で横一列に並んだ。

隣の青嵐くんが、アコギをぽろんぽろん鳴らしながら私を見る。

「合唱本番と同じ流れでいくぜ。ま、ここで慣れときゃ合唱も、俺らのバンドのほうも、きっとうまくいくからよ。とりあえず気楽にやろうや。な?」

「う、うん……そだね……」

青嵐くんが自分のアコギのボディーをコツコツ叩いて、カウントを取って。

私は彼と一緒に、弱々しくギターを弾き始めた。

その音に合わせて、古賀くんと田中くんと火乃子ちゃんの三人が、一斉に歌い出した。

最初はさすがに緊張していたから、簡単なコード進行でもミスが目立った。

だけど誰よりも張り切って歌う音痴な古賀くんが、それ以上に目立っていて。私たちの前を通り過ぎていく通行人たちは、みんな古賀くんのほうに目が向いていて。

初めの一曲は全然うまく弾けなかったけど、古賀くんが壁になってくれたおかげで、次第にミスも少なくなっていった。

緊張がほぐれた、なんてレベルじゃない。

最後の曲を演奏する頃には、もう楽しくなっていたほど。

やっぱりこの五人で一緒に過ごす時間は、私にとっても本当に特別で。

合唱でやる曲を全部終えた私たちは、五人で笑い合っていた。


「いや～、あたしもこんな場所で歌とかどうなるかと思ったけど、案外楽しいもんだね？」

「うんうん。じつは僕も途中から気持ちよく歌ってた」

「つか純也、お前、歌下手すぎだろ？　しかも声でけーし、何度も笑いそうになったわ」

「カラオケでいつも聴いてるくせに……歌は楽しく歌うのが一番なんだよ」

「あはは……でもほんと、楽しかったね……」


足を止めて私たちの演奏を聴いてくれていた通行人はちらほらいて、なかには暖かい拍手を送ってくれる人までいた。学生のノリで、決してうまいとは言えない演奏なのにだ。

「どうよ成嶋？　ちっとは自信ついたか？」

青嵐くんに微笑みかけられた私は、

「う、うん……」

控えめに頷いた。本当に少し自信がついた気がする。だってこんなにも楽しく演奏できるなんて、自分でも驚いてるくらいだから。

古賀くんが無駄に大きいガッツポーズをした。

「じゃあ合唱の練習はこれで終わりな！　こっからは好きな曲やんぞ！」

「ええっ、ま、まだやるの……？」

「今日は無料カラオケだって言っただろ。お前らも有名な曲なら、だいたいできるよな？」

私と顔を見合わせた青嵐くんが答える。

「まあ……譜面ならネットに転がってるしな」

「じゃあ問題なしってことだな？　朝霧さんと新太郎は、なんかリクエストあるか？」

本当にまだ続ける気なんだ……まあいいけど。私も楽しくなってきたし。

苦笑いで嘆息したところで。

「もしよかったら、月とヘロディアスの曲なんてどうかな？　知ってる？」

遠巻きに私たちの演奏を聴いていた通行人の一人が、少し近づいてきてそう言った。

黄色いサングラスをして、キャスケットをかぶっていたから普段と印象が違っていたけど、私はその男性の声をしっかり覚えていた。

だから驚いた。どうしてこの人が、こんなところにいるのかって。

でも古賀くんは気づいてないみたい。

「あ、それ俺も好きなバンドなんですよ！　青嵐たちは、いけるか？　月とヘロディアス」

「アコギで弾けそうなやつ、あるかな……」

青嵐くんがスマホをさわり出したタイミングで、男性はあさっての方向に目を向けた。

「おっと、残念だけど、もう無理っぽいね。みんなも早く退散したほうがいいよ。じゃあ」

手短にそれだけ告げると、片手をあげて歩き去った。

「やばっ……！」

男性の視線の先を目で追っていた田中くんが、途端に慌てた声を漏らす。

「け、警察の人が来てる！　どど、どうしよう⁉」

私たちは一斉に振り返る。

帰宅ラッシュの人混みをかき分けながら、制服警官がこっちに向かって歩いてきていた。

すぐさま古賀くんがこう叫ぶ。

「全員撤収ッッ！」


ケースに戻す暇もなく、私はアコギを担いだまま、みんなと一緒にひたすら走った。

人の間を縫って、みんなに置いていかれないように、必死で走る、走る、走る――――。

私たち五人は、やがてビルとビルの間の狭い裏路地に滑り込む。

そこでやっと足を止めて、大きく息を吐いた。

田中くんが息も絶え絶えに口にする。

「はあ……はあ……路上ライブって……やっぱり、怒られるの……？」

「まあ、俺らは許可取ってねーしな……」

私と同じようにアコギを担いだままだった青嵐くんが、それをケースに戻しながら答えた。

「無許可で路上ライブぶちかまして警察から逃げるって、こんな経験、なかなかできねーぞ」

青嵐くんは古賀くんを横目で睨んだのに、その当人ってば、

「……だな。今のは俺も……マジで焦った……」

本当に焦った顔で、額の汗を拭っていたもんだから。

「……ふふ」

私はつい、笑みがこぼれてしまって。

「や、言い出しっぺは、古賀くんだし」

「そうだぞ。お前のせいで、また俺らの黒歴史が一個増えたじゃねーか」

「純也に付き合ってると、こんなのばっかりなんだよなあ……もう」

火乃子ちゃんも青嵐くんも田中くんも、みんな呆れながらも、やっぱり笑っていて。

「でもお前らだって、楽しんでただろ？」

いたずらっ子みたいに笑う古賀くんのその質問には、否定の余地なんてどこにもなく。

「ほんと、こんなので楽しいとか、あたしらって図体ばっかの子どもだね！　あははははっ！」

「いいじゃん、ガキでバカで。大人で利口なんかより、そっちのほうが断然素敵じゃね？」

そんなくそガキの論理は、私を含めて、きっとみんなも同意見。

「ふふっ……あはははは！」

私たち五人は、もうバカみたいに笑い転げた。

薄汚れた裏路地で、子どもみたいにずっと笑い転げていた。


空はちょうどマジックアワーが始まった頃。金色に近い綺麗な茜空。

そんな澄み渡った秋の夕暮れ時。電車組の火乃子ちゃん、青嵐くん、田中くんと別れて。

私は古賀くんと二人で並んで、アパートに向かって歩いていた。

「いきなり路上ライブなんかさせて悪かったな」

「ううん。私も楽しかったし、なんか文化祭本番もうまくやれそう」

人前で大恥を掻いたから……だけじゃない。

私は改めて、大好きな古賀くんに、私のギターを聴いてもらいたいって思えたから。

この想いを音として届けたい。それだけを考えてたら、きっと緊張なんてしない気がする。

古賀くんは私を普通の友達だって思いたいみたいだけど、もうそれでも構わない。

私だってやっぱり、あの五人の時間は壊せないもん。

だから古賀くんがただの友達として接したいって言うなら、私も同じようにしてあげよう。

私がこの人以外を好きになることは絶対にないけれど……それでも古賀くんの隣にいられるのなら。あの五人の時間がまだまだ続くのなら。

私は本当に、ただの友達って思われていてもいいんだ。

だってそれだけでも……私は大変な幸せ者だから。

「ねえ古賀くん。今日こそは、ご飯作りに行ってもいい？　その……友達として」

私はもう好きって言わない。昨日古賀くんに宣言したその約束だって、ちゃんと守る。

「はは、当たり前だろ」

古賀くんは笑ってくれた。

金色の夕陽を受けるその笑顔が本当にまぶしくて、目に染みちゃう。

「じつは俺も成嶋さんの晩飯は、毎日楽しみにしてるんだぞ。だからさ……また頼むわ」

「んふふ。だろ～？　じゃあ今日は張り切っちゃうぞ！」

だけどね、古賀くん。

もしもこの先――あの五人組が離れ離れになって。みんなと会う頻度が減っちゃって。

私たちのこの秘密の関係を、隠す必要がなくなったときはね。

もう一度だけ、好きって言わせてくれませんか。

それまではずっと、隣にいさせてくれませんか。

もちろん今はまだ、そんなことは言えないけど。

五人が離れ離れになるなんて、本当は考えたくもないけれど。

でもね。それでもやっぱり。

私は古賀くんのことが、どうしようもなく好きなんだよ。

もう絶対にね。あなた以外は考えられないいんだよ。

心の底から――大好きです。

だからさ、たとえ友達でも、想い続けるくらいは、許してくれないかな。

「じゃあスーパー寄って帰ろっ」

「おう。あとあれだ。昨日できなかった晩酌もやるか。コーラとか残ってるし」

「えっ？　いいんすか⁉　テンションあがるぅ～っ！」

私たちは手を繋ぐこともなく、普通の友達みたいに、ただ並んで歩くだけ。

今は本当に、それでいいんだ。

それでいい――はずだったんだけど。


ぴろん。

ふいに私のスマホが、メッセージを受信した。

何気なくその文面を見た私は、

「…………っ⁉」

身が凍ってしまい、途轍もない胸騒ぎを覚えた。

だからこう言うしかなかった。

「……ご、ごめん、古賀くん。やっぱり今日もご飯は……作りに行けないっぽい……」

「え？　なんかあったのか？」

「うん……その……ちょっと私……行くところが、できたから。先に、帰ってて」

「それはいいんだけど……大丈夫か成嶋さん？　なんか顔色、めっちゃ悪いけど」

古賀くんがまだなにか言ってたけど、私は踵を返して、さっさと駅前に戻ることにした。

私が受信したメッセージ。それはこんな内容だった。

朝霧火乃子【ごめん夜瑠。古賀くんには内緒で、今から駅前のファミレスにこれない？】

朝霧火乃子【残りの男子二人にも集まってもらってる】

朝霧火乃子【ちょっと古賀くんのことで、みんなに話があるんだ……】

第八話　強者

古賀くんと別れた私は、ひどい胸騒ぎを抱えたまま、急いで駅前に戻った。

まだそんなに離れてなかったんで、ものの数分で指定されたファミレスに到着する。

奥の広いテーブル席に、青嵐くんと田中くんと、火乃子ちゃんの三人が座っていた。

「夜瑠、こっちこっち。急に呼び戻してごめんね」

申し訳なさそうに手を振ってくる火乃子ちゃんの隣が、空いていた。

ここで男子二人と並んで座るのも変だから、私はそこに腰を下ろす。

背負っていた学校のアコギは、青嵐くんが受け取って、ソファーの脇に置いてくれた。

みんなまだ注文前だったらしく、私が座ったところで適当に料理を注文する。

「で？　俺らに話ってなんだよ朝霧？」

「純也には聞かれたくないことなの？」

青嵐くんと田中くんが、俯き加減の火乃子ちゃんにそう尋ねる。

みんなもまだ、話の内容は聞かされてないらしい。

だけど私には、もうなんとなくその内容がわかっていて――――ううん、きっと杞憂だよ。私は今日の体育のあとに聞いた、火乃子ちゃんのあのつぶやきが、ちょっと引っかかってるだけ。それで不安になってるだけ。

――男女の別とか関係なく、友達をやっていきたいって思ってたはずなのに……でも高校生になったら、だめだった……結局はあたしも、ただの女で……もう子どもじゃなかった……。


それを聞いたとき、私はとても怖い想像をしてしまった。

でもあの路上ライブが楽しすぎて、ついさっきまでそれを失念していたんだ。

だから私は「古賀くんが望むなら友達として接してあげよう」なんて考えたんだけど。

平穏な気持ちでいられたのは、あくまでライバルの出現を度外視していたからにすぎない。

そして私は今、とても怯えている。もしかすると私の初めての大親友は、もっとも恐ろしくて、もっとも強大なライバルになるんじゃないかって。

ううん、違うよ……そんなの気のせい。心配する必要なんてない……はず……。

だってさ。だって――。

「あのさ、古賀くん以外のみんなに、わざわざ集まってもらった理由なんだけど……」

仮に火乃子ちゃんまで、『そう』だったとしても――。

「まずはごめん……あたし、みんなと一緒にいる時間が本当に好きなんだけど、もう……」

そんなの、みんなの前で、言えるわけがないもの――。

「さっきの路上ライブで、あたし、自分の気持ちに、はっきり気づいちゃった……」

だってだって。それを言ってしまったら、私たち五人はもう――――。

「あたし、古賀くんのことが好き」

……。

………言えるんだ。

火乃子ちゃんは、それをちゃんと、私たちに言える人なんだ……。

今の私たち五人の温度感を、壊すような発言なのに。

それでもみんなの前で、はっきりと、言えちゃうんだ。

なんて……強い人なんだろう……。

まず切り出したのは田中くんだった。

「えっと、それって純也のことが、異性として好きってことで……いいのかな？」

「そ……あたし、ずっと古賀くんを親友の一人だって思い込もうとしてたけど、やっぱ自分は誤魔化せなかった。この気持ちはただの友情じゃなくて、恋だったんだって……」

火乃子ちゃんは目を落として続けた。

「……みんな、本当にごめんね。あたしたち五人はずっと友達だって思ってたはずなのに。あたしは誰よりも、そうでありたいって願ってたはずなのに……まさか、こんな……」

「まあ、純也ってめちゃくちゃ面白ぇ奴だし、そりゃ好きになんのも納得だけど、よ」

青嵐くんが隣の田中くんと顔を見合わせた。二人でぼそぼそと、「つかGKDの件はどうすんだ？」とか「撤回しかないでしょ」とか囁き合っている。

私にはそれがどういう意味かはわからないし、実際どうでもよかった。

火乃子ちゃんは自分なりに解釈したのか、取り繕うような笑顔を見せる。

「あはは、安心して？　もしふられちゃっても、友達だけは続けるつもりだから。みんなにも気まずい思いは絶対にさせないから。それだけは絶対……って、無理、かな？　あは……」

「ば、バカ！　朝霧さえそれでいいなら、大丈夫に決まってんだろ！　な、新太郎？」

「そ、そうだよ！　だいたいそんなことで僕らの関係がギクシャクするとか、純也だって絶対望んでないし！」

火乃子ちゃんは「ありがと」と、つぶやいてから。

「だからあたし……勝手で悪いんだけど、年内には古賀くんに告白しようって思ってる」

空気を読めない店員が、ちょうどそこで注文の料理を運んできた。

　空気を読んだ田中くんと青嵐くんが、まっさきに箸をつけて、豪快に食べ始めた。

「ははっ、まあ朝霧さんの告白がうまくいって、純也と付き合うことになってもさ。たまにはまた五人でも遊ぼうね？」

「それそれ！　そりゃ今までどおりってわけにはいかねーかもだけど、頼むぜぇ朝霧？」

　火乃子ちゃんは少し寂しそうに、そっと笑った。

「なんかさ……みんなから古賀くんを取っちゃうみたいで、ごめんね」

「ばーか。そんなもん彼氏との時間が最優先に決まってんだろ。俺らだって、そんくれーの気遣いはできんだぞ？　だから、たまにでいいから、また五人でも遊ぼうって言ってんだ」

「あはは、そもそも古賀くんのことだし、あたしがふられる可能性のほうが高いんだけどね。そのときは古賀くん抜きで、残念会やってくれると嬉しいかも」

　これで、いいの……？

　そっか……これが……正解だったんだ……。

　きっと他人からすれば、当たり前のことだったんだろう。

　だけどこれまで友達がいなかった私は、初めてできたこの素敵な友達関係が、私の『恋』で変わってしまうことを恐れてしまった。恐れすぎてしまった。

　だから私は、みんなに隠れて、こっそり古賀くんと付き合おうとした。それが五人の関係を維持したまま恋人を作る唯一の方法だと、思っていたから。

でも火乃子ちゃんは——私と違って、みんなの前で堂々と言った。自分の『恋』を公認にしてしまった。五人の均衡が崩れることを恐れながらも、ちゃんと前に進んだ。

私の大親友はこの瞬間、私にとって最大最強のライバルに——ううん、違う。

そもそも勝負にすらなってない。

私はずっと言えなかったんだから。

「そういうわけなんだ、夜瑠」

火乃子ちゃんが隣の私を見た。並んで座っているのに、同じ場所には立っていない私たち。

——もう考えている暇はない。

言うなら今しかない。

私も古賀くんが好きだって宣言するなら、本当にここしかない。

だってここを逃したら、後出しになる。横取りになる。

「う、うん……火乃子ちゃんの気持ちは……わかった……」

今はっきりと口にして、私は火乃子ちゃんと肩を並べるライバルになるんだ。

「あ、あのね……えと……そ、その……じつは、私も——」

「ああ、あたしこの添え物の太いポテト苦手なんだ。ね、夜瑠。食べて食べて」

…………。

「おいおい朝霧。お前、ポテト食えねーって、なんつー哀れな女だ……」

「なにさ〜。みんなも苦手な食べ物くらいあるっしょ？　はい一人ずつ言う！」

「僕はカレーが苦手かな。これ言ったら、みんな結構びっくりするんだけど」

「えぇ〜っ!?　田中くん、それガチで言ってる!?　カレー苦手とかってあるん!?」

「新太郎はご飯がドロドロになんのが無理なんだと。ちなみに俺は、ベタにピーマンが……」

…………言えなかった。

みんなもう違う話を始めてしまって。タイミングを逸してしまって。

私は臆病なあまり――――結局、最後までなにも言えないままだった。


みんなと別れたあと、私は駅前にある公園のベンチに一人で座っていた。

時間の感覚だってほとんどないまま、ただ呆然と座っていた。

火乃子ちゃんが古賀くんを好きだったこと自体は、そこまで驚きじゃなかった。

思えばヒントだってたくさん出ていた。この前、火乃子ちゃんが古賀くんの部屋にあがったときだって、きっと彼と二人きりで過ごしたかったから、隣の部屋にいた私をあえて呼ばなかったんだ。

だからそれ自体は驚きじゃない。古賀くんの魅力は私が一番よく知ってるし、クラスの女子たちと違って、むしろ見る目があるなんて思ったくらい。

私にはそれよりも、みんなの前で公言できることのほうが、遥かに驚きだった。

「本当に……なんて強い人だろう……私は、なんて弱いんだろう……」

はっきり口に出してもらったことは一度もないけど、古賀くんはきっと私のことが好きなんだと思う。これは決して思い上がりじゃない……と信じたい。

だけど、それでも。

火乃子ちゃんの恋がみんなの公認になって、私は結局なにも言えなかった以上。

もう今までどおり、古賀くんと秘密の逢瀬を重ねるなんて、さすがにできない。

ここで古賀くんをこっそり取っちゃうなんて、そんなの許されるわけがないんだ。

ちょうど強い夜風が吹きつけてきて、身震いした。

……いま何時だろ。

スマホを見る。時刻よりも先に、受信していたメッセージのほうに、意識が向いた。

古賀純也【そっちの用事が終わったら、うち来ない？　暇なら晩酌しようぜ】

古賀純也【鍵は開けとくから、勝手に入ってきてくれ。ちょっと風呂入ってくる】

そのメッセージを受信していたのは、三時間以上も前だった。

かちゃり……ぎいいい……。


アパートに戻った私は、古賀くんの部屋のドアをそっと押し開けた。

電気はついたままだったけど、家主はベッドに転がって布団(ふとん)もかけずに眠っていた。

私を待ってくれている間に、寝落ちしちゃったんだろう。

古賀くんはこの時期、夜はちゃんとパジャマを着る人らしい。

相変わらずガキみたいなパジャマと寝姿で、少しだけ笑ってしまう。

起こさないように足音を殺しながら、ベッドに近づいて、背負っていたアコギを下ろして。


ぎし……っ。


古賀くんが仰向けで眠っているベッドに、膝から乗る。

そのまま古賀くんに跨(また)がって、彼のパジャマに、そっと手を伸ばす。

……ぷち……ぷち……。

熟睡しているのをいいことに、私は彼のパジャマのボタンを一つずつ外していく。


私の涙が、彼の頬に、落ちた。

「んん……？」

「――――っ⁉」

眠ったまま頬を拭った古賀くんを見て、私はすぐさま我に返る。

ベッドから飛び退いて、床に膝から崩れ落ちる。

「なにやってんの、私……もう遅いんだよ……なにもかも……」

私はこれまで、なにも失いたくない恐れから、いろいろ逃げ回ってきて。

慌てて手を伸ばそうとしたときには、もう手遅れで届かない。

望んだ恋を掴み取れるのは、なにかを失うことを恐れずに手を伸ばした強者だけ。

それができなかった弱者の私は、世界で一番の恋を掴み損ねてしまった。

布団をかけてあげて、電気を消してあげて、そっと古賀くんの部屋をあとにする。

目元を拭いながら。

好きの一言だって言えないまま。

第九話　大人

文化祭の日が近づいてきた。

最近はクラスの合唱の全体練習でも、もう伴奏の成嶋さんはミスをしなくなっていた。青嵐いわく「バンドのほうも、ほぼ完璧に仕上がってる」だとさ。

たぶんあの路上ライブが、功をなしたんだと思う。

それはいいことなんだけど……俺にはひとつだけ、引っかかっていることがあった。

その日の放課後も、クラスの合唱の全体練習が終わると。

「じゃ、じゃあ行こうか、青嵐くん……」

「おう。またな、お前ら」

成嶋さんは青嵐と一緒に音楽準備室に向かって、

「さてと。僕らは帰ろっか」

「ほーい。今日もコンビニとか寄ってく？」

俺と新太郎と朝霧さんの三人は、下校の準備を始める。

あの路上ライブ以来、俺と成嶋さんが話をする機会は、めっきり減っていた。

成嶋さんが俺の部屋に、料理を作りにきてくれなくなったからだ。

まあ文化祭ももうすぐだし、バンドの練習とかで忙しいんだろうけどさ……。

今は一緒に帰ることもないから、成嶋さんとゆっくり話ができるのは、あの晩飯のときくらいだったんだけどな……たまにチャットを送ったりはしてるけど、それもなんか、あんまり続かないし。

情けない話だけど、俺はこの状況を、ちょっと寂しく思っていた。

「田中くんって、もう実行委員の会議とかないの？」

「あるけど、今は毎日じゃないんだ。決めなきゃいけないことは、もうとくにないしね」

「あ、そだ！　んなことより、どうする気なんよ、田中くん!?」

「なにが？」

「恋のマジックアワー伝説。やっぱ例の小西先輩に告白しちゃう感じ？」

「ああ、その話ね……しない、かな」

新太郎のそのつぶやきで、俺はふと、あることを思い出していた。

――なあ純也。ＧＫＤの件だけどさ。やっぱあれ、ナシにしようぜ。

あの路上ライブの次の日。

俺は新太郎と青嵐に校舎の屋上まで連れ出されて、そう言われた。

ＧＫＤ——すなわち『グループ内では彼女を作らない同盟』の略称。ローマ字略。

夏休みの最後の日に、俺たち男三人は「グループの女子には告白しない。彼女にはしない」っていう、そんな誓いを立てたんだ。

それは成嶋さんに恋をしてしまった俺の心を刺してくる、小さな棘でもあったんだけど。

青嵐たちはなぜか急に、その同盟を白紙に戻そう、なんて言ってきたんだ。

一応理由を聞いても、なんかもっともらしい言葉が返ってくるだけ。「ま、俺らだけで勝手に決めても、女子から告白される場合だってあるだろうし」とか「それを理由に断るっていうのも、さすがに悪いでしょ？」とか、いろいろ言われた。

そりゃあ少しは心が軽くなったけど、俺はそんな同盟があろうとなかろうと、やっぱり成嶋さんとは友達でいるべきだって思ってる。だからこう答えたんだ。

「まあ……俺はなんでもいいけど……」

いまいち腑に落ちなかったけど、青嵐も新太郎も、なぜかやたら喜んでいた。

「でも田中くんって、その小西先輩が好きなんでしょ？」

朝霧さんが意地悪な笑みで詰めると、新太郎はため息混じりに答えた。

「うーん……実際よくわかんなくなってきたんだよね……」

そしてこの反応を見る限り、俺は思ってしまう。

やっぱり新太郎はその小西先輩って人よりも、まだ成嶋さんのことが気になってるんじゃないかって。だからGKDを白紙に戻そうなんて言ってきたんじゃないかって。

もし新太郎が成嶋さんに告白したらって考えると……正直、胸が痛い。

自惚れるつもりじゃないけれど、成嶋さんはたぶんその告白を断ると思う。

だから胸が痛い――――っていうのは、もちろんそうなんだけど。

最悪なことに、俺はこうも考えていた。成嶋さんが誰かに告白される場面を想像するのは、なんだか複雑だって。

ようするにあれだよ。俺は成嶋さんとは友達でいたいとか思ってるくせに、誰かに告白されるのも嫌だって考えてるカスなわけだ。あまりにも独善的で、吐き気がするほど気色悪い。

自分の恋心は本当に薄汚くて黒くて、しかも御しきれないからこそ、恐ろしかった。

友達関係に亀裂を入れるかもしれないこんな恋なんて、俺だってしたくなかったよ……。

「ていうか、僕をいじってる場合じゃないでしょ。朝霧さんこそどうすんの？　恋のマジックアワー伝説。誰か告白する相手とかいるんじゃないの～？」

新太郎が珍しく、悪い顔で反撃に出た。

もちろんそんなことで動じる朝霧さんじゃないってことも、俺はよく知っている。

「や、仮にいたとしてもさ。あたしがそんな伝説に縋る乙女だと思うかあ？」

ほらな。

昇降口の下足場で靴を履き替えて、三人で校舎を出る。

校門が近づくにつれて、あたりでぼそぼそと密談している生徒たちのグループが、ちらほら目立ち始めた。

そいつらの密談は、こんな内容。

「……あそこにいるの、絶対そうだって」

「……ちげーだろ。じゃあなんで俺らの学校に来てんだよ？」

「……お前知らねーの？　エルシドPって、ここ地元なんだぞ？」

エルシドP？

それって月とヘロディアスの、あのエルシドさんのことだよな？

そんなことを考えながら、俺たち三人が校門を抜けると。

「あれ、キミたちは……」

白いワイシャツ姿の大人の男性に声をかけられた。

黄色いサングラスをかけているうえに、キャスケットを目深（まぶか）にかぶっている。おかげで人相がよくわからない。

「えっと、僕たちが、なにか？」

新太郎が代表して尋ねた。

「はは。この前の路上ライブ、見させてもらったよ。面白い五人組だよね」

「あー、あれ見てくれた人なんですね！　そーいや、あたしも見覚えあるかもです！」

元気に微笑（ほほえ）みかけるコミュ強（きょう）の朝霧さんに、その男性も笑顔で返した。

「ちょうどよかった。夜瑠（よる）さんってまだ校内にいるよね？　キミたちの友達の」

「え、それって……成嶋夜瑠のこと？」

「ああ、成嶋っていうんだ。苗字（みょうじ）までは知らなかったよ。制服でこの学校だってことはわかったんだけど、なかなか出てこないから困ってたんだ。ちょっと呼んできてくれないかい？」

朝霧さんと新太郎が、困った顔で俺を見た。

わかってる。こういうのは全部俺に任せろ。

「あの、失礼ですけど、成嶋さんとはどんな関係ですか？」

知り合いなのかもしれないけど、苗字（みょうじ）も知らないっていうのは、さすがに怪しい。もし友達に変な火の粉が降りかかりそうなら、きちんと払っておかないと。

「心配しなくてもいいよ。僕は夜瑠さんの友達だから」

男性はキャスケットとサングラスを取って、笑顔を見せた。

その顔を見て驚く。

だって俺も大ファンで、この間のインストアライブでも見た顔だったから。

「え、エルシドPいいぃぃッッ!?」

細かい事情までは聞かなかったけど、エルシドさんは昔成嶋さんがバイトしてたどっかの店の常連客で、そのとき知り合いになったらしい。

あいつ、そんなこと今まで一度も言わなかったから、マジでびびった。

成嶋さんは文化祭でやるバンドの練習中だって説明したら、エルシドさんは会うのを諦めたらしい。校門脇に停めてあった銀色のクラウンで、俺たち三人を送るって言ってくれた。

もちろん断る理由なんて、あるはずもない。

「……てかまじでさ。夜瑠とエルシドPが知り合いだったとか、すごくない？」

「……僕に言われても困るよ。月とヘロディアスって、そんなに有名なの？」

後部座席で朝霧さんと新太郎が、小声で囁き合っている。

助手席に座らせていただいている俺は、クソ失礼な発言をした新太郎の顔面にワンパンかましてやろうかと思った。

でもエルシドさんは気にした様子もなく、温和な笑みでハンドルを握っているだけ。絶対に聞こえたはずなのに、大人だわ。命拾いしたな新太郎。

エルシドさんが運転するクラウンは、最初に新太郎の家に向かって、そこで奴を下ろした。

次に朝霧さんを送り届けて、車内は俺とエルシドさんの二人だけになる。

「あの、すいません。学校から一番近いところに住んでるのは、俺なのに……」

さっき本人には大ファンですって伝えていた。だから俺の家を後回しにしてくれたのも、ただのファンサービスなんだって思ってた。

だけど。

「はは、いいよ。キミには少し話があって、最後にしたんだから」

エルシドPが、俺に話……？

それはファンとして、絶対に嬉しいことのはずなのに。

なぜか俺は、胸騒ぎのほうが勝っていた。


エルシドさんの駆るクラウンが、俺のアパートの前で停まった。

車から降りた俺に、エルシドさんは傍の自販機で買った缶コーヒーを差し出してくれた。

……俺、微糖でも苦いからあんまり飲まないんだけど……なんて言えるわけねーだろ。

「さすがに十一月になると、ちょっと冷えるね。もう一枚着てくるべきだったかな」

エルシドさんが自分用に買ったブラックの缶コーヒーに口をつける。俺もそれに倣って、買ってもらった微糖のコーヒーを一口飲んだ。やっぱり苦かった。

「ネットでも確認したんだけどさ。キミたちの文化祭って、今週の土曜だよね。僕も見に行こうかと思ってるんだ。学生だった頃の自分を思い出すなあ」

俺に話があるって言った割には、やけに迂遠な物言いで、なかなか本題が見えてこない。

「それはぜひ来てほしいですけど……ところで、俺に話って……？」

「ああ、そうだったね」

待ちきれなくて先を促すと、わざと今思い出したような口調で、そう返ってきた。

自分のペースにもっていくのが上手な大人。そんな印象を受けた。

「古賀くん……で、いいんだっけ？　この間、僕たちのインストアライブにも来てくれてたよね。さっきの美人な女の子と二人で。一番前で応援してくれてたから、よく覚えてるよ」

美人な女の子っていうのは、もちろん朝霧さんのことだ。

「あ、覚えててくれたんですか。あのライブ、本当によかったです。朝霧さんもすごく良かったって言ってて——」

「キミはデートする女の子がいるのに、夜瑠さんとも付き合ってるの？」

「——————え？」

突然すぎて驚いてしまい、どこからどうツッコミを入れたらいいのかわからない。

エルシドさんは温和な笑みを絶やさずに続ける。

「前に夜瑠さんが言ってたんだよ。自分には、ガキでうざくて、音痴な彼氏がいるって。あ、これは別に悪気があって言ってるわけじゃないんだよ？　ただ、あの路上ライブを見かけたとき、一番音を外してたのが古賀くんだったからさ。もしかしたら、この子かなって」

「いや、その……俺は別に、成嶋さんの彼氏ってわけじゃ……ないですけど」

てかあいつ、なに勝手なこと言ってんだよ。確かに俺はガキで音痴だけどさ。

「あ、違うんだ？　まあ僕的には、どっちでもいいんだけどさ」

エルシドさんは缶コーヒーを一口飲むと、またにこやかな笑みで俺を見た。


「僕、夜瑠さんを本気で口説こうかと思ってるんだ」


は？

唖然としている俺の前で、エルシドさんは小さく首を傾げる。

「あれ？　意外かな？　彼女はとても魅力的な女性だと思うけど」

「いや、あの……」

「夜瑠さんって本当に多面的だよね。激しく攻撃的な一面もあれば、弱くて脆い一面もある」

「それは知ってますけど……いや、そうじゃなくて」

「キミたちの路上ライブは、本当に偶然通りかかって聴いただけなんだ。驚いたよ。夜瑠さんは奏でる音楽まで多面的なんだって。僕が昔聞かせてもらったときは、挑戦的で突き放すような音だったのに、あの路上ライブではもう別人。一人だけ音がずれてるキミに優しく寄り添うような、愛情たっぷりの女の子の音だった。あんな素敵な音を聞かされたら――」

「だから、ちょっと待ってください！」

俺は大声をあげていた。やたら焦っていて、心臓がバクバク鳴っていた。

「ん？　どうしたの？」

「どうしたの、じゃないでしょ……その、失礼ですけど、エルシドさんって……」

「二十九歳だよ」

その大人は、俺が聞こうとしていたことを、先回りして答える。

「えっと……本気なんですか？　だって成嶋さんは、まだ高校一年で……」

「それってなにか関係ある？」

そしてその大人は、世間一般の倫理観を容易く飛び越えてくる。

「もちろん諸々のことは、法律が許してくれるまで待つよ。でもね古賀くん。歳の差も倫理観も立場も、すべてが取るに足らない存在に成り下がる。そんな狂気性が、恋にはあるんだよ。古賀くんには、駄目ってわかっていても好きになる、なんて経験はまだないのかな？」

…………ある。

絶対にだめだって思っていても、恋をしてしまう気持ちは俺にだってわかる。

だけど、いくらなんでも、この人が言ってることは……。

「……さすがに無茶苦茶だと思うんですけど」

「そうかもね。でも本気で好きになっちゃったんだから、しょうがない」

「しょうがないって……だって普通は……」

「だったら僕は、普通じゃないんだろうね」

——普通じゃない。

俺は以前ネットで読んだ、エルシドさんのインタビュー記事を思い出していた。

記事によると、エルシドさんが音楽を始めたきっかけは、昔付き合っていた彼女の影響だったらしい。その彼女がＤＴＭをやってたから、教えてもらう形で作曲を始めたって話だった。

別に音楽が好きだったわけじゃないけれど、エルシドさんは彼女のことが心底大切で、喜んでもらいたくて、ずっと彼女のために曲を書き続けていたそうだ。

その彼女とエルシドさんは、やがて婚約するんだけど。

婚約した途端、不幸なことに彼女は交通事故にあってしまう。病院に搬送された時点で、もう手遅れの状態だったらしい。

その報せを自宅で受けたエルシドさんは——病院にも行かずに、曲を書き続けた。

まだ息がある婚約者の元には駆けつけず、最期の瞬間に手を握ってあげることもせず。

自宅で怒りながら、泣きながら、狂ったように曲を書き殴っていたそうだ。

婚約者が死の淵に立っていると聞いて、曲のインスピレーションが湧いてきたから。忘れないうちに、それを書き留めておきたかったから。そんな理由だった。

この赤裸々なインタビュー記事に、ネットは当然荒れた。

クリエイターの鑑だ、なんて意見もあったけど。

婚約者より作曲のほうが大事なのか、という批判的な意見のほうが多かった。

のちにエルシドさんは、自分のSNSでこう発言している。

――どっちが大事かなんて二元論で語れることではありません。ただひとつだけ言わせてもらえるなら、僕は真剣に彼女を愛していて、恋に狂っていたということです――


「なあ古賀くん。恋っていうのはね」

エルシドさんの声で我に返った。

「世間一般の物差しでは測れないものなんだよ。普通はこうだから、なんて言われても、そんなのは知らないし、聞こえない。人にはそれぞれの恋愛観がある」

「で、でも、さすがに成嶋さんは……」

「まだ未成年なのは百も承知さ。でも本気になっちゃった以上、『諦めます』なんて簡単には言えないんだよ。彼女が成人するまで、ただ隣にいるぐらいはいいんじゃないかな」

笑っているけど、真剣な目だった。

「別に罵ってくれても、ネットに書いてくれても構わないよ?」

エルシドさんはポケットから電子タバコを取り出して、それをくわえた。

「……その、エルシドさんは、成嶋さんのこと……前から好きだったんですか？」

「いいや？　かわいい子だなとは思ってたけど、それだけ。キミたちの路上ライブで彼女の音を聴くまでは、別に本気じゃなかったかな。あんまり付き合いもなかったしね」

「そ、そんな……！　そんな急に人を好きになれるもんですか⁉」

「急じゃない恋なんてないよ。だから『落ちる』って言うんじゃない？　はは、詩的だね」

妙な不安に支配されていた俺は、まだこの余裕の大人に食ってかかる。

「で、でもそれって、ただ成嶋さんのギターが好きなだけじゃ……！」

「ギターの音に惚れたから、その奏者に恋をした——別に不自然じゃないと思うけど？」

「不自然ですよ！　だって本人のことは、まだロクに知らないんでしょ⁉」

「ある男性ギタリストの訃報を聞いて、ファンの女の子たちが後追い自殺をしたって話、知らない？　これは彼女たちが本気で恋をしていたからじゃないかな。会って話をしたことすらない、その男性ギタリストに。彼が奏でるそのギターの音に」

「…………っ！」

「ファンの心情と恋は、そもそも近似値なんだよ。僕は夜瑠さんのギターのファンになって、彼女に恋をした。古賀くんだって少しはわかるんじゃないかな。キミは僕のファンだって言ってくれたけど、今はともかく、さっきまで僕のことは無条件で好きだったんじゃない？」

「それは……」

　否定できなかった。俺はさっき、エルシドさんに失礼なことを言った新太郎に対してイラついたから。この人のことはまったく知らないのに、ただその曲が好きってだけで、作者本人のことまで好きになっていたんだ。

　エルシドさんは電子タバコの煙を細く吐いて、笑みを消した。

「なあ古賀くん。気づいてるかな。僕はさっきから、キミに宣戦布告をしてるつもりだよ」

「は……？」

　念を押すように、もう一度言ってくる。

「宣戦布告。あの路上ライブを見て確信したんだけど、どうも夜瑠さんの気持ちは、キミにあるらしい――だけど僕は、それを切り離してみせるから。そこは恨まないでほしいな」

「な、なんでそんなことを、わざわざ俺に……そんなの、勝手にすれば……」

「あれ？　今の感じからして、キミも夜瑠さんが好きなんだと思ったんだけど、違うの？」

「………………」

　答えられない。はっきりと口に出すことが怖かったんだ。

　そんな曖昧な態度の俺を見て、エルシドさんは肩をすくめる。

「恋愛なんて、いつだって取られたほうが負けなんだよ。僕は相手が彼氏もちだろうと、家庭があろうと、好きになったら本気で取りに行く人間だから。先に謝っておくよ。ごめんね」

なんなんだ、この人は……なんだか本当に、ちょっと……怖いぞ……。

「ん～。しかし冷えてきたね。あ、古賀くん、もう一本飲むかい？」

エルシドさんはスラックスの後ろポケットから、高そうな財布を取り出した。

宣戦布告とか言っておきながら、まだ友好的な態度を崩さない。その余裕が怖い。

なんだかすべてにおいて、俺はこの人の足元にも及ばないんだって思ってしまう。

ちょうどそこで。


「あ、あれ……？　なんで古賀くんと、エルシドさんが……？」


バンドの練習を終えた成嶋さんが、ギターケースを背負って帰ってきた。

勘まで鋭いエルシドさんは、成嶋さんのきょとんとした顔を見て、すぐに察する。

「もしかしてキミたち……二人ともこのアパートに住んでたり、する？」

「そうですけど」

答えたのは俺だった。なんでもいいから、一矢報いたいなんて変な感情があったんだ。

それでもエルシドさんは、大人の余裕で笑い飛ばす。

「ははは っ！　いやあ、面白い関係なんだね、キミたちは。でも夜瑠さんはまだ、古賀くんと付き合ってるわけじゃないんだって？」

成嶋さんは俺でも見たことがないような攻撃的な視線で、エルシドさんを鋭く睨む。

「……嘘をついたことなら、謝りませんけど？」

「はは、そんな顔しないでよ。ただひとつだけ忠告。夜瑠さんは友達グループのなかで恋人を作ろうとしているのかもだけど、それはやめといたほうがいいね。もしみんなと今までどおりの友達のままでいたいなら、やっぱり恋人は外で作るべきだ」

「ご忠告ありがとうございます。でもそれはエルシドさんに関係ない話なんで」

「それが関係ないとも言えないんだよね」

エルシドさんは真剣な顔で、成嶋さんを見つめた。

「だって僕は、夜瑠さんが好きだから」

……この人は。

…………たとえ俺の目の前でも、平気でそれを言えるのか。

「え？　ええっ」

さすがに成嶋さんも驚いた様子だった。

「これは本気だよ。夜瑠さんとは真面目に交際したいって思ってる。ま、僕が女性に軽薄なのは知ってるだろうし、信じてもらえないかもだけど、今回ばかりは真剣に言ってるよ」

そのストレートな告白を受けた成嶋さんは、

「そ、その……えと……」

言い淀んだ。即座に斬り捨てるわけじゃなくて、言い淀んだ。

俺にはそれが、やけに悔しかった。

「ああ、さぶ……だいぶ冷えてきたし、僕はもう帰るね。連絡、待ってるよ」

エルシドさんはそれだけ言うと、さっさとクラウンに乗り込んで。

窓越しに軽く片手をあげて挨拶すると、そのまま排気音を残して走り去っていった。

去り際はあっという間。自分から連絡するなんて一言も言わず、ただ待つと言っただけ。

まったく見苦しくもない、本当に綺麗な立ち去り方だった。


その場に残された俺と成嶋さんは、自然と顔を見合わせる。

俺の表情はわからないけど、成嶋さんは久々に俺と二人きりになって、どこか怯えているようにも見えた。

「成嶋さんって、エルシドPと知り合いだったんだな……びっくりしたわ」

ひとまず口から出てきた言葉が、それだった。

「うん……」

成嶋さんは以前よりも、どこか他人行儀に、短くそう告げる。

たったそれだけの言葉しか返ってこなかったことが、なんとなく寂しくて不安で。

「はは、しかもエルシドさんに告白されるなんて、マジですげーじゃん」

俺は饒舌(じょうぜつ)になって、別に言いたくもないことを口にしてしまう。

「だって月とヘロディアスのエルシドPだぞ？　成嶋さんって音楽好きなんだし、もう最高の相手じゃん。きっとこれ以上の人は絶対に出てこないぞ？」

なにを言ってるんだ俺は。本当になにを言ってるんだ。

不安を消すために喋(しゃべ)ってるはずなのに、口を開けば開くほど、余計に不安が募っていく。

「わかってる……」

成嶋さんは俯(うつむ)き加減で、そう言った。

「とりあえず落ち着いたら一度、連絡してみるつもり。あんなことまで言われたら、さすがに無視はできないし」

「…………」

連絡、するんだ。

真面目に交際したい、なんて言ってきた相手に。

俺みたいなガキには遠く及ばない、あんな大人の男に。

成嶋さんと二人で話すこと自体が久々なのに、なんで俺は、こんなにも嫌な気持ちになってるんだろう。

――なんで、じゃねーだろ。そんなのわかりきってるじゃないか。

俺は嫉妬してるんだよ。

あまりにも身勝手で、筋違いな、薄汚い嫉妬をしているんだよ。

「ねえ、古賀くん……」

今度は成嶋さんのほうから、口を開いた。

「古賀くんって……その、火乃子ちゃんのこと、まだ好きなの？」

「なんで今そんな話になる？」

本当にわからなかった。だって今、朝霧さんはなにも関係ないのに。

「いいから答えて」

……そんなの、好きか嫌いかで言えば、好きに決まってる。

でも俺はそれ以上に、成嶋さんのことが好きなんだよ。成嶋夜瑠に恋をしてるんだよ。

もちろん雑魚でカスな俺には、そんなこと言えなくて。

「火乃子ちゃんのこと、まだ好きなの？」

もう一度投げかけてきた成嶋さんに、俺は俺にできる精一杯の、ずるい答えを返す。

「誰かさんの、次くらいには、な」

「そ、そっか……」

「なあ、俺もその、聞いていいか？　エルシドさんのこと……好きだったりする？」

「そりゃ、告白してもらえたことは、嬉しかったよ。私だって、もちろん嫌いじゃないし」

「好きなのか？」

遮ってもう一度問いかけると、成嶋さんは少し押し黙ったあと、

「……誰かさんの、次くらいには」

俺と同じ、ずるい答えを返してきた。だったら俺も真似するしかない。

「そっか……」

「あのね、私ね。最近古賀くんと二人で会ってない間に、いろいろ考えたの。本当にね、いろいろ考えたの」

「ああ……」

どんなことを『いろいろ考えた』のかは、わざわざ聞かない。

この空気でまったくわからないほど、鈍感じゃないつもりだから。

やがて彼女は、目尻をそっと拭う仕草をすると、

「わ、わた……私、ね？」

俺に背を向けて、途切れ途切れの涙声で。肩を震わせながら、話し始めた。

「文化祭のあとに……ちゃんと『答え』を出すからね。だからね。後夜祭のステージは、絶対見にきてね？　私、バンド、がんばるから……一生懸命がんばるから。だから……ぐす」

答え、か……。

成嶋さんは一体、どんな答えを出すつもりなんだろう。

そして俺は……それをただ待ってるだけで、いいんだろうか。

——もちろん、よくないに決まってる。

だからこそ。

俺もいい加減、真剣に向き合わなきゃならないって、思った。

「人はね。なにかを得るためには、なにかを失わなきゃだめなんだって……」

成嶋さんは最後にそうつぶやいて、先にアパートの外階段を上がっていった。

それが誰のなんの言葉かはわからないけど。

意味だけは、しっかりと伝わった。

第十話　告白

「二年五組、占い屋やってま～す」

「チョー怖いお化け屋敷、いかがスか～？」

校舎のいたるところが、楽しげな喧騒に満ちていた。

普段は無味乾燥な学校の廊下も、今日だけは別。紙テープとか貼り紙とかで華やかにデコレーションされていて、ソースの美味しそうな匂いとかもあたりいっぱいに充満している。

文化祭本番。

私は火乃子ちゃんの気持ちを聞いて以来、古賀くんともできるだけ二人きりにならないようにしながら、いよいよその当日を迎えた。

あれから本当にいろいろ考えた。

足りない頭を使って、夜もほとんど眠らずに、必死で考えに考え抜いた。

もちろん古賀くんへの気持ちは、一ミリだってブレてない。

私が考えていたのは、この恋にどう決着をつけるかってことだった。

――人はなにかを失わないと、なにも手に入れられない。世の中の常だね。

以前火乃子ちゃんに言われたその言葉は、本当に私を苦しめた。

私はみんなとの友達関係も、古賀くんとの恋も、両方を手に入れようとしていたから。

でもその苦しみのなかで、私は、やっと答えを見つけた。

ううん。見つけたっていうのは、少し違うかな。

私は最初から目を背けていただけ。

火乃子ちゃんが私たちの前で堂々と「古賀くんが好き」って公言したとき、なにも言えなかった私は、もう負けたんだって思ったけど――――やっぱりだめだった。

この恋は、その程度で諦められるものじゃなかった。

今日の後夜祭のステージで、私は古賀くんのためだけに、曲を演奏する。

それは私にとって、告白代わりの曲。ありったけの気持ちを込めて、古賀くんに届ける。

その想いがちゃんと届いたら……彼を説得してみようと思うんだ。

私は世界で一番古賀くんが好きだから、本当の恋人になりたいよって。

秘密で付き合ったりするんじゃなくて、もうみんなにも全部正直に話そうって。

もちろん古賀くんは、そう簡単には頷いてくれないだろうけど。

それでも私の演奏で私の想いがきちんと届いたなら、少しは期待がもてると思うんだ。


私たちはこれまで、みんなに隠れてずっと秘密の逢瀬を重ねてきた。

そんな折、私は火乃子ちゃんの気持ちを知ってしまった。

今さらここで私たちの秘密の関係を全部正直に話したら、さすがに嫌われると思う。

だけど、こうなった以上は――もう信じるしかない。

私たちは、それでも友達でいられるって。

遅すぎる決断だったけど、もうそれしか道はないんだ。火乃子ちゃんはもちろん、青嵐くんにも田中くんにも、みんなから後ろ指を差されるような告白になるだろうけど。

それでも私たちは、まだ友達でいられるって、信じるしかないんだ。

あの五人で過ごしてきた時間はそれだけ特別で、きっとみんなも同じだと思うから。

だからわずかな可能性に賭けて信じる。古賀くんにしっかりと想いを届けて納得してもらって、二人で一緒に全部を打ち明ける。

つまり私が苦心の末に出した答えは、あまりにも単純で、あまりにもわがまま。

やっぱり『恋も友達も最後まで諦めたくない』だった。

あとはもう、後夜祭のステージに全力をぶつけるだけ。

その前哨戦って言ったら失礼だけど、さっき体育館で行なわれた私たちのクラスの合唱は、つつがなく終わった。

私はその伴奏でも一度もミスをせずに、無事に終えることができた。

今なら後夜祭のステージでやるバンド演奏も、完璧にこなす自信がある。

だけど念には念を入れておきたい。

後夜祭まではまだ四時間以上も残っていたけど、私は一人で練習するために、愛用のエレキギターを背負って音楽準備室に向かっていた。


「あ、成嶋さん」

楽しげな声で賑わう廊下を歩いていると、田中くんと出会った。

腕に「文化祭実行委員」の腕章をつけている。文化祭当日だからこそ、実行委員の田中くんはたくさん仕事があって、ゆっくり見て回れないって話だったっけ。

「後夜祭まで一人でバンドの練習するんだってね。まだ時間あるんだし、ちょっとくらい純也たちと模擬店とか回ってきたらいいのに。午前中だってどこにも行かなかったでしょ？」

「あはは……今はちょっと、遊べる気分じゃないっていうか……」

私たちのクラスの合唱は午前最後のタイムスケジュールだったから、それまではクラスメイトのほとんどが緊張のあまり、教室で静かに過ごしていた。

その反動があったんだろうね。合唱本番が終わった直後に、クラスのみんなは爆発する勢いで文化祭の喧騒に飛び出していったんだ。

もちろん古賀くんたちも同じで、今は青嵐くんと火乃子ちゃんの三人で、いろいろ回ってるみたい。私も誘われたんだけど、そこは丁重に断った。誰もいなくなった教室で一人、持参のお弁当を食べてから現在に至る。

「そっか。成嶋さんも大変なんだね」

「ううん、お互い様だよ。えと、じゃあ……その」

もう一秒でも練習時間が惜しい私は、話を切り上げようとしたんだけど——、

「そうそう。僕さっき、純也に会ったんだけどさ。これがもう爆笑で」

「え、なに？　古賀くんの面白い話？」

——続きを促していた。

どんなに急いでいるときでも、その名前が絡む話題を出されると別なんだ。

「さっき三年のメイド喫茶の前を通ったときにね。ちょうど純也が泣きながら転がり出てきたんだ。なんかその店で激辛メニューに挑戦したらしくて、『あれは催涙兵器だ〜』って」

「あはっ、そんなに？　古賀くんって辛いの苦手だもんね。ほんとお子様。んふ」

「そのくせ挑戦するんだから、もう救いようがないでしょ？　その鼻水まで垂らした顔が本当にひどくてさ。横にいた青嵐が面白がってスマホで写真撮ったんだよ。でも純也、涙でぐしゃ

ぐしゃなのに、ばっちりピースしちゃってて」

「あははっ！　も〜、古賀くんってば、本当の意味で鼻垂れじゃん。ね、それでそれで？」

「へへ、そのあと朝霧さんまでさ――」


「あ、ごめん成嶋さん。僕、そろそろ行かなきゃ」

田中くんがスマホで時間を確認した。

なんだかんだで、五分以上も引き止めちゃっていた。さすがに申し訳なく思う。

「うん。忙しいのに、ごめんね？　楽しい話ありがと。じゃあ実行委員がんばって」

田中くんの肩をぽんと叩いて、自然な笑顔で見送ろうとした。

だけど田中くんはまだ動こうとしなくて、ぽかんと私の顔を見つめている。

「どしたの？　行かないの？」

「いや、その……なんていうか……さっきから思ってたんだけど、今日の成嶋さんって……」

「うん？」

「なんだろ……ちょっと雰囲気が明るいっていうか……」

「んふふ。そう？」

自覚はあった。最後の練習の前に古賀くんの面白い話をたくさん聞けた私は、緊張もほぐれて、すごくご機嫌になっていた。

「うん……なんか、いつもより素敵に見える——って、はは、なに言ってんだろね、僕」

「んふ。でもそう言ってもらえると、素直に嬉しいよ。じゃあ、あんまり引き止めるのも悪いし、私もう行くね？　ばいばい」

なかなか立ち去ろうとしない田中くんを気遣って、私のほうから踵を返した。

「あ、そうだ、成嶋さん」

田中くんが最後にもう一度、呼び止めてくる。

「純也たちも言ってたけどさ。今日の文化祭は一緒に回れなかった代わりに、今度の成嶋さんの誕生日会は盛大にやろうね」

「……うん、ありがと。楽しみにしてる」

文化祭が終わってしばらくすると、私の誕生日がくる。私はまたひとつ大人になる。

そのとき私たち五人の関係は、どうなってるんだろう。

それを考えると、やっぱりちょっと……怖いな。


文化祭本番は、一旦四時半で終了になる。

生徒たちはそこで帰ってもいいんだけど、やっぱり大半はまだまだ帰らない。

五時からは、お待ちかねの後夜祭があるからだ。

校舎の外にある一部の屋台はそのまま営業を続けたり、バンドの野外ステージがあったり、最後にはキャンプファイヤーを囲んでのフォークダンスタイムがあったり――。

文化祭の終わりを惜しむためのイベントだけど、むしろそっちが本番って向きもある。

私にとっても、そうだった。

グラウンドに組まれた野外の特設ステージ。私はこれから、青嵐くんと軽音部の常盤くんの三人でそこに立って、練習の成果を披露する。

今はそのステージ脇の出演者テントで、みんな本番前の静かな時を過ごしていた。

「緊張してるか、成嶋?」

「う、ううん。割と落ち着いてる、かも……」

気を遣ってくれる青嵐くんに、きっちり微笑みかける。

実際私は、自分でもびっくりするほど落ち着いていた。出演者テントに入る前に見た客席には、本当にたくさんの生徒たちが集まっていたけど、それでも一切動じなかったくらい。

古賀くんにやっと私の音を聴いてもらえる嬉しさのほうが、勝っていたから。

「もしミスって指が止まっても、慌てなくていいからな? 俺らがいくらでも繋いどいてやるから、お前はゆっくり立て直せばいいよ」

「そーそー。そんときゃ、この俺、チョッパー常盤のベースソロ開幕っつーか? 成嶋サンは安心してどんどんミスってちょーだいな。だが断る? も〜、遠慮すなよ〜?」

私たちのバンドのベースボーカル、軽音部の常盤くんは相変わらずテンションが高い。

でも私を気遣ってくれてるのは確かみたいで、やっぱり二人とも心強かった。

「そ、その……迷惑かけるかもだけど、そのときはよろしくね……？」

「全然メーワク違いますよ～。むしろ俺が目立つ時間くれるなら、ガンシャってか、感謝？」

「最っ低の下ネタだな、お前。もう死んでいいわ」

呆れた青嵐くんが、私にこっそり耳打ちしてきた。

「常盤はともかく、俺はマジでちゃんと支えてやるから心配すんな。その……成嶋はさ、俺が唯一、悩みを打ち明けた親友だしよ。あのときお前が『それでも友達なのは変わらない』って言ってくれたこと、マジで嬉しかったんだぜ」

青嵐くんが、『自分は無性愛者かもしれない』って不安を話してくれたときのことだ。

「うん……私は本当に、ずっと友達でいたいって思ってるよ……」

心の底からそう思うんだ。

青嵐くんを含めて、もうあの五人組は私にとって、かけがえのない存在だから。

私と古賀くんの秘密の関係を公表しても、どうかみんなとは友達でいられますように——。

「ちょいちょい、お二人サン。な～に、ぼそぼそ喋ってんの」

後ろに回り込んでいた常盤くんが、私と青嵐くんの肩に腕を回してきた。

「出番まで暇だし、トランプでもしとかね？　俺が考案した『ジョーカー抜きババ抜き』とかどうスか？　このラリったルール、一時間もやればトリップすんぜ？　ぶひゃひゃひゃひゃ！」

なんだか常盤くんは、いつも以上にテンションが高い気がする。

出演者テントには私たちのほかにも学生バンドの人たちが大勢いて、ぴんと張り詰めた空気に満ちているのに。常盤くんはその誰よりも、緊張とは無縁の存在みたい。

きっと自慢の彼女にかっこいいところを見せられることが、本当に楽しみなんだろうな。

私もその気持ちは、ちょっとだけわかるかも。ふふ。

後夜祭のステージに出演する学生バンドは、私たちを入れて全部で五組。

その五組のバンドで、五時から六時四十分までのタイムテーブルが組まれている。

常盤くんの話によると、出演者テントに集まっているバンドのなかに、軽音部の部員は誰もいないらしい。

私たちは一応軽音部のバンド扱いなんで、ステージの大トリを務めることになっている。

だからタイムテーブル通りにいくと、私たちの出番は六時二十分頃のスタート。もちろんそれまでは趣味と勉強を兼ねて、ほかのバンドの演奏を聴かせてもらうつもり。

古賀くんからはさっき連絡があった。『客席の後ろのほうにいる』って。

どうやらもう来てくれていて、古賀くんも全部のバンドを見るつもりらしい。たぶん火乃子ちゃんも一緒にいるんだと思う。

スマホで時間を確認すると、そろそろ五時。一組目のバンドがステージに上がる頃だ。

だけど出演者テントの中で、それっぽい動きをしている人たちは誰もいない。

青嵐くんも不思議に思ったみたい。

「なあ。一組目って、そろそろ準備始める時間だよな？」

「そ、そうだよね……？　どうしたんだろ……？」


文化祭実行委員の田中くんと、もう一人、知らない女子生徒がテントに飛び込んできた。

「すいません！　ちょっとトラブルです！」

「ああ？　どしたよ新太郎（しんたろう）？」

青嵐くんに一度頷（うなず）いた田中くんは、テントにいる出演者全員を見渡して言った。

「一組目に予定されていたバンドなんですけど、文化祭中にちょっと怪我（けが）があったみたいで、急遽棄権（きゅうきょ）になってしまいました」

テントにいた出演者たちが「ええっ？」と、ざわつき始める。

「だからタイムテーブルを前倒しにしたいんですけど……どうでしょう？」

田中くんは、私たちの隣にいた四人組の男子たちに目を向けた。

話の流れ的に、その男子たちが二番手のバンドメンバーらしいんだけど。

「いやいや、ちょっと待ってくれって。今すぐ出ろって、そんな急に言われても……」

「そ、そうだぜ。こっちにだって、心の準備ってもんがだな……」

その四人組のバンドは、もうかわいそうなくらい青ざめていた。

心の準備っていうのはよくわかる。私たちはあくまで学生のアマチュアバンドで、プロじゃないんだから。しかもこれが人生で初ステージだったら、萎縮するのも当然だよね。

そのあたりは田中くんもわかってるから、決して無理強いはしない。同じ腕章をしている隣の女子生徒に不安げな顔を向けた。

「小西先輩、どうしましょう……？」

「そうだね……」

どうやらその女子生徒が、田中くんが恋をしているっていう例の小西先輩らしい。茶色い髪をリボンと一緒に編み込んでいる、ちょっとギャルっぽい感じのお姉さんだった。スタイルもいいし、田中くんって案外ああいう人がタイプなんだって思って、少し微笑ましかった。

「お客さん集まっちゃってるし、なんとか場を繋がなきゃだけど……私らで漫才でもやる？」

「じょ、冗談言ってる場合じゃないでしょ！」

あはっ、面白い人だ。きっと場を和ませるための軽口なんだろうけど、田中くんもいい人を見つけたね。

「じゃあ、どなたか代わりに、オープニングアクトで出てくださるバンドっていません？」

と、小西先輩。オープニングアクトっていうのは、一番手のバンドのこと。本来のバンドが棄権になって、タイムテーブルの前倒しも難しい以上、順番を変える必要があるみたい。

「俺らが先にやってもいいけど？」

挙手したのは、なんと常盤くんだった。

「ええっ!?　ちょ、ちょっと待って……」

もちろん私は慌てる。

古賀くんはもう客席に来てるみたいだけど、私にだって心の準備がいる。だって本当なら、私たちの出番はあと一時間以上も先なんだから。

それを今すぐ出ろだなんて……いくらなんでも、急すぎて……あう……。

「おっ、活きのいい男子がいるね！　そーゆーの、お姉さんは好きだけどー」

小西先輩の視線が私に注がれる。

「隣の子は、ちょーっと怖がっちゃってるかなあ？」

「え、えと……その……」

「大丈夫だって成嶋サン！　もう最後の音合わせなんて星五個中、星六個だったじゃん？　俺らが一発目にブチかまして、こいつらをもっと演りにくくさせてやんべ？」

早く自慢の彼女に見てもらいたい様子の常盤くんが、私の二の腕をばしんと叩いてきた。

「軽音部バンドか……まあここは最適かもしれないけど、成嶋さんは大丈夫？」

田中くんが申し訳なさそうに、私を見る。

「常盤のことなら気にすんな。もともと俺らはトリなんだしよ」

怯(おび)える私を気遣ってくれた青嵐くんが、常盤くんに目を向けた。

「つか『ジョーカー抜きババ抜き』とやらをやるんだろ？　もう素直にそれやっとこうぜ」

「あ？　んなの、なにが面白ぇんだよ。バカか宮渕(みやぶち)」

「ブーメランすぎんだろ……」

「とにかく俺は、さっさとステージ立ちてーんだよ。だいたいほかに、やる奴(やつ)いねーじゃん」

常盤くんの言うとおり、私たちがそんな話をしていても、出演者テントにいるほかのバンドからは、「自分たちが先にやりたい」なんて声もあがらない。

だから私は、こう言うしかなかった。

「……わ、わかった。やろう」

「ひゃっふーっ！　さっすが成嶋サン！　おいお前ら、俺らが先に本物の音ってのを聴かせてやっから、もう『天ぷら』作る準備しとけ？　お前ら自身のアブラ汗でな！　ぶひゃひゃ！」

パイプ椅子から立ち上がった常盤くんが、テントにいるほかのバンドの人たちに粋がってみせた。なかには上級生だっているのに、怖いもの知らずな人。

……大丈夫だよね？　だって古賀くんは、もう客席に来てるって言ってたもんね？

念のため、スマホでメッセージを送っておく。

成嶋夜瑠【予定が変わって、私たちが最初のステージに立つことになっちゃった】
成嶋夜瑠【もう客席にいるよね？　月とヘロディアスの『群青色』はラストナンバーだよ】
成嶋夜瑠【それだけは絶対に聴いてくれないと、あとで背骨バキ折るから】

「じゃあ悪いけど、時間もないから、すぐ準備に入ってもらえるかな？」

田中くんに頷いたあと、私と常盤くんはそれぞれギターとベースを持って、青嵐くんは自前ドラムスティックを持って、三人で出演者テントを出る。

もちろんスマホを持ったままステージに上がるわけにはいかないから、テントの中に置いていく。古賀くんに送ったメッセージに既読がついたかどうかは、確認できないままだった。

ステージに上がった私たちは、客席からの歓声を浴びながらチューニングを始める。

グラウンドに組まれた特設ステージから見下ろす客席は、本当にたくさんの生徒たちで溢れ返っていて、さすがに古賀くんの姿を見つけることはできなかった。

拓けた空はちょうど、淡い藍色と明るい茜色のグラデーションが美しいマジックアワー。

文化祭と後夜祭の間のマジックアワーに告白したカップルは、絶対にうまくいく。

その伝説を信じるわけじゃないけれど。実際は自分たちのバンドが後夜祭スタートの合図になるんだけど。

それでもこのタイミングで演奏して、古賀くんに想いを届けられるって考えると。

……やっぱりちょっと嬉しかった。

◇

朝霧火乃子は一年二組の教室に、一人で立っていた。

そこは慣れ親しんだ自分の教室なのに、これからのことを考えるとさすがに少し落ち着かない。だから座ることもできずに立っていた。

さっきまで賑やかだった校舎内は、不気味なくらい静まり返っている。模擬店は外の屋台を除いて、もうすべて終了しているからだ。

何気なく窓の外に目を向ける。そこは校舎の中庭で、いくつかの屋台と数人の生徒たちの姿が見えた。

この一年校舎からグラウンドのほうは見えないけど、そっちではもうすぐバンドのステージが始まる頃だ。その最後のステージだけは、絶対に見に行かなければならない。火乃子にとって二人の親友が、そこに立つ予定になっているからだ。

そしてまもなく、この教室には別の親友がやってくる。

――古賀純也。

火乃子の人生において、もっとも気が合った異性の友達。

いけないと思いつつも、それ以上の感情を抱いてしまった唯一の男の子。

火乃子は先ほど、彼のスマホにメッセージを送っていた。「教室で待ってる」と一言だけ。

返信はすぐにあった。「なんかあった？　とりあえず行くわ」と軽い調子の文面で。

十一月の日の入りは早く、空の上のほうは淡い藍色で、下のほうは輝く茜色。

夜と夕方の狭間の時。空に魔法がかかる、一日でもっとも美しい時間帯。

文化祭と後夜祭の間に跨る、わずか数十分間の恋のマジックアワー。

そのタイミングで呼び出されたのに、古賀純也はおそらくなにも気づいていない。そういう鈍感なところがいかにも彼らしいと思って、火乃子はつい笑みがこぼれてしまう。

だけどもっとも笑ってしまうのは、自分自身に対してだった。

つねに男子たちと肩を並べてきた火乃子は、女子たちが夢見る恋の伝説なんて一笑に付してきたはずなのに。まさに今、自分がそれに縋ろうとしていることが、本当に滑稽だった。

やがて教室のドアが開く。

古賀純也が普段と変わらない笑顔を見せながら、やってくる。

「ごめんごめん。グラウンドのほうにいたから、遅くなったわ」

「ううん。急に呼び出してごめんね」

実際はとても緊張しているのに、火乃子はごく自然に微笑みかけることができた。

いつの頃からか、自分の表情を操ることはそう難しくなくなっていた。

……感情だけはどうにもならないけど。

「成嶋さんたちのステージ、見に行くだろ？　まだ一時間以上はあるけど、どうする？」

この少年は未だに呼び出された理由がわかっていない。そこで火乃子は気づく。彼はただの鈍感というわけではなく、本当に自分のことを、あくまでも親友として見ているのだと。

それが嬉しくもあり、歯痒くもあった。

「で、あたしが古賀くんを呼び出した理由なんだけどね」

「おう」

「あたし、古賀くんのことが好きなんだ」

「ああ。俺もみんなのことは好きだけど？」

——ぷっ。

そのあまりにも純真無垢な言葉に、火乃子はつい吹き出してしまう。

こういう人だから、好きになっちゃったんだよなあ……。

「や、そうじゃなくてさ。古賀くんのことは、異性として好きだって言ってんの」

別に練習したわけでもないのに、一切言い淀むことなく伝え切る。

日本のラブロマンス映画ならもう少し溜めがある場面なのに、火乃子にとってそれはあくまで演出にすぎない。そして監督は、この場面での演出は不要だと判断した。

「…………え？」

余計な演出を入れなかったからこそ、純也はストレートに驚く。目を丸くする。

この反応は火乃子の予想どおり。あとは笑顔を崩さずに、畳み掛けるだけ。

「あたし、古賀くんが好き。子どもみたいに純粋な人で、友達を一番に考えられる優しい人だから。あたしを女としてじゃなくて、本当にただの親友として扱ってくれた人だから。そんな古賀くんだからこそ、あたしは好きになっちゃったわけだよ」

「いや……その……え？　それ……マジで、言ってる？」

「や、当たり前っしょ。こんなのドッキリで言う奴の気が知れんし」

離れたグラウンドから、バンドの演奏がうっすらと聴こえてきた。

それは後夜祭スタートの合図。火乃子はそれが始まる前に、一応は気持ちを伝えることができた。もちろん恋の伝説を盲信しているわけではないし、時間がずれ込むことも計算済み。

だから告白の場所には、静かな教室を選んだ。

窓を閉めている教室には、バンドの音もかすかに流れてくる程度。

そしてこの状況でうっすら届く曲に耳を傾けられる余裕は、火乃子にも純也にもなかった。

「だからさ。あたしが古賀くんに付き合ってほしいなんて言うと、もうめっちゃ矛盾なんだけどね。それでも伝えたかったんだ」

「朝霧さんが……俺のことを好きって……ええ？　いや、ちょっと待って」

もちろん火乃子は待たない。先に言いたいことを全部伝える。

「じつはみんなにはもう、古賀くんが好きだってことも相談してたりするんだよね」

「え？　えっと、みんなって…………みんな？」

「うん。田中くんと青嵐くんと夜瑠」

「そ、そっか……そっか。えっと……それでその、みんなは、なんて？」

「もし付き合うことになっても、また五人で遊ぼうって言ってくれたよ——って、あは。まだ返事もなにも聞いてないのに、気が早すぎるか」

火乃子は自嘲気味に頭を掻く。

事実、自嘲していた。今の言葉は正確ではないのに、すんなり言えてしまった自分に呆れたからだ。

正確に言えば「もし付き合うことになっても、たまにはまた五人でも遊ぼう」だった。

でもそれは、わざわざ口にしない。

五人で一緒にいることが大好きな古賀純也には、今の言い方をしたほうが絶対に効果的だと判断したからだ。

我ながら卑怯だと、火乃子は思う。

大人になることを嫌悪(けんお)しているのに、やっていることはずるい大人と同じ権謀術策。

卑怯(ひきょう)で、姑息(こそく)で、厭(いや)らしい。

だけどこの恋を実らせるためなら、どんな汚い手段でも使う覚悟が火乃子にはあった。隙があったら、いくらでも付け込むつもりでいた。

「もちろん、もしあたしと古賀くんが恋人になったら、今までどおりの五人ではいられないと思う。みんなとの間にも、微妙に距離ができると思う」

そして現実も織り交ぜる。夢だけを見せるより、そのほうが人の心は揺らぎやすい。

改めて自分は、映画やマンガのような正統派ヒロインにはなれないな、と思った。いま言ったことは本心だけど、そこには明確な打算も含まれているからだ。

しかし恋というものは、そもそも打算がないと始まらないのではないだろうか。

仲良くなるために近づく。相手の趣味に合わせて話す。好まれそうな場所を探ってデートに誘う。ふられないように配慮して告白する。すべて打算だ。

恋はいつだって汚い。決して綺麗(きれい)なものではない。逆に言えば、汚い手段を使ってでも手に入れたくなるものが本物の恋なんだと、火乃子は考える。

「……わかってる」

純也のこの答えも予想どおり。計算済み。そしてきっと次の質問にも、古賀純也は想定内の言葉を返してくれるだろう。

「古賀くんは今、好きな人っていんの？」

いるわけがない。

五人でずっと一緒に過ごしてきた火乃子は、それをよく知っている。彼は恋愛をするくらいなら、友達と遊んでいたいタイプの少年だ。だから好きな人なんているわけがない。

古賀純也はここで「いない」と答えるはず。そして次に自分が打つ手は――、

「…………いるよ」

「っ⁉」

思わず息を呑んだ。完璧に操る自信があった表情が、一瞬崩れた。

その答えは、完全に予想外だった。

……古賀くんには、好きな人が、いる……？

そんなそぶりは一切なかったのに、いつの間に、そんな人が――。

「ええと……あ、あはは。そっか。うん、そっか……」

硬い笑みを浮かべた火乃子は、即座に立て直す。

相手が誰かは知らないけど、ここで「どんな人？」なんて見苦しい質問はしない。聞いたところで、状況が変わるわけではないのだから。そんな駆け引きにもならない問いは無意味だと断じる。

今ここにあるのは、「古賀純也には好きな人がいる」という事実。ただそれだけ。

そう考えられるくらい、火乃子はすぐさま冷静さを取り戻していた。

どちらにせよ、今すぐ付き合ってもらえるとは思っていなかった。だから軌道修正は問題ない。そもそもこの程度で引き下がるくらいなら、最初から告白なんてしていない。

火乃子にとっても、あの五人組は本当に大切で、たとえそれを壊すことになっても手を伸ばしたいと思ったからこそ、告白に踏み切ったのだから。

「……あたしはね、今すぐ答えがほしいなんて言わんよ？」

至極純粋な気持ちで、火乃子は告げる。

「だめならだめでも、あたしは今と変わらない友達のままでいられるから。ううん、むしろそのときは、こっちからお願いする。どうかずっと友達でいさせてください。だから古賀くん、あたしたちが二年になる頃には、この告白の答えをくれませんか」

真正面から純也の瞳を覗き込んで、すべてを伝えた。

どう返すべきか迷っている困惑した顔。それを彩るのは沈黙だったから、バンドの音が一際大きく聴こえてくる。それでもやはり、曲名を判断できるほどではなかった。

「……その、さ。朝霧さんの気持ちは、すごく、本当に、嬉しいんだけど……」

「古賀くんには好きな人がいるもんね」

火乃子は決して続きを言わせない。

「でもあたしの気持ちは、いま言ったとおりだから。二年に進級するまででいいんだ。それまでは好きでいさせてくれないかな……？　それとも……やっぱり古賀くんは、こんな話を聞かされちゃったら、もうあたしとは友達ですらいられなかったり……する？」

本当に卑怯で小狡い言い回しだと思う。

それに対する答えなんて、ひとつしかないのだから。

そんなわけないだろ――。

「そんなわけないだろ」

心の声と純也の声が、見事に重なった。

「あはは……よかったあ～。なんかすっごい安心しちゃった」

嘘だ。

最初から不安にすらなっていない。

友達を心から大事にする純也なら、余計にそう答えるに決まっている。わかりきっていた。

いつから自分は、こんなにも狡猾な『大人の女』になってしまったのだろう。異世界からやってきた少年とのロマンスに憧れていた時代だって、きっとあったはずなのに――……。

火乃子はこれまで、恋愛なんて一度もしたことがない。

昔から女子の輪に馴染めなかった火乃子にとって、仲のいい友達は男子のみ。そんな男子たちとはずっと友達のままでいたかったし、告白されたときは本気で萎えた。女である我が身を呪って、枕を濡らしたこともある。どうして自分は男に生まれてこなかったのだろうと。

だから恋なんて一生無縁でいいはずだった。性別なんてないほうがいいとすら思っていた。

しかし神様は時折、本人が望む道とはまったく別の才能を与える。

一度も恋愛をしたことがないはずなのに、決して恋愛音痴ではなく。むしろ言葉巧みに男を誘引するそれは、もはや天賦の才としか言いようがない。

望んだ恋を摑み取る天才――。

自覚もなしに、火乃子はその才能を確かにもっていた。

男女の垣根を超えた友情を誰よりも信じて、誰よりも欲していたはずなのに。

友達関係の障壁となる「性別」を嫌悪していた火乃子にとって、それは本当に皮肉なこと。

朝霧火乃子は生まれついての恋愛強者で、最初から誰よりも『女』だった。


「とりま、あたしも今までどおりの友達として接するからさ。二年になる頃にもっかい聞くんで、ふるならせめて、そのときでよろ」

「でも……」

「もー、今は言わなくていいっていうか、あたしが聞きたくないの！　だいたい今聞いたら、負け戦確定じゃん。そんな鈍感じゃモテねーぞ……って、これあたしが言うことじゃねーし」

「はは……朝霧さんってほんと、いつでも元気なんだな」

「当然っしょ」

そう、当然だった。

ここで暗くなるわけにはいかないということも、火乃子は承知しているのだから。

そして純也はもう頷くしかないことも、もちろん承知済みだ。

「……わかった。なんて言ったらいいかわかんないけど、たとえどうなっても、ずっと友達でいたいって言ってくれたことは、本当に嬉しい。ありがとう朝霧さん」

「────あは」

……この人、こんなにも卑怯なあたしに、まだ『ありがとう』なんて言えるんだ。

本当に、子どもみたいに純粋な人……古賀くんだけは、どうかそのままでいてね……。

火乃子は罪悪感に襲われながらも、謝ることだけは絶対にしなかった。

「あははっ！　じゃあさ、とりあえずバンドのステージ見に行こっか！」

「……ああ」

普段どおり、純也の背中をばしんと叩いて、一緒に教室をあとにする。

ちょうど一組目のバンドが終わったようで、校舎を出る頃にはもう音も止んでいた。

第十一話　敗北

本当にショックだった。

ステージでバンドの演奏をやりきって、私も最高の音が出せたと満足して。

ちゃんと古賀くんにも届いたかな、と思いながら出演者テントに戻って、スマホを見たら。


古賀純也【え、出演順変わったってマジ⁉　もう成嶋さんたちのバンド終わったの⁉】

そんな驚きのメッセージが届いた。

私は呆然としたあと、理不尽な怒りが込み上がってきて、即座に返信した。

成嶋夜瑠【まさか見てなかったわけ⁉　もう客席にいるって言ってたよね⁉】
古賀純也【ごめん……急用ができて、ちょっと席を外してたんだ】
成嶋夜瑠【絶対に聴いてって言ったのに！　私、がんばるって言ったのに！】

古賀純也【だってまさか成嶋さんのバンドが一番手になるなんて、思わなかったから……】
成嶋夜瑠【ひどいひどい〜っ！　急用ってなんだよ〜っ!!!!!!】
古賀純也【それは言えないんだ……悪い】
成嶋夜瑠【雑魚雑魚雑魚！　まじで背骨バキ折るから！　もう救急車も呼んどくから！】

古賀くんはひたすら謝罪の返信をくれたけど、私はスタンプ連打で全部スルーした。

攻撃的なスタンプを二十発ほど送ってやった。

「俺ら最強のステージだったよな!?　彼女もチョー喜んでくれたみてーだわ！」

自慢の彼女にかっこいいところを見せてあげられた常盤くんが、とても羨ましかった。

……私の音が古賀くんにちゃんと届いたら、みんなに全部打ち明けようって説得するつもりだったのに……くそざ古賀……童貞大王……もう死んじゃえ……ぐす……。

この時点で私は相当落ち込んでいたけど、それでも「がっかり」のレベルで済んでいた。

古賀くんの言っていた『急用』がなんだったのか、まだ知らなかったから。


バンドのステージが終わったあとにはキャンプファイヤーもあったんだけど、当然そっちには意識も向かなくて。グラウンドの隅でぼーっとしていたら、もう後夜祭が終わっていた。

で、そのあと。私たち五人は、

「――つーわけで、俺らのバンドは一発目に出ることになったわけよ」

古賀くんの部屋で、ささやかな打ち上げをしていた。

打ち上げの開始自体が夜の九時だったんで、みんなの終電まであとちょっとしかない。

だからこれはあくまでプチ打ち上げ。本格的な打ち上げは、またそのうちやろうって話になっていた。

「あー、それでか……夜瑠たちのステージ、見れなくて残念だったなあ」

炭酸レモンを飲んでいた火乃子(ひのこ)ちゃんが、本当に残念そうな顔で私を見た。

もちろん一番残念に思っているのが私だなんて、古賀くんを含めてきっと誰も知らない。

「…………ほんとそうだよ」

だから自然とそんな独り言が漏れる。私はもうずっと拗(す)ねていた。

「じゃあ純也と朝霧(あさぎり)さんは、曲を聴けなかったんだね。二人はそのとき、なにしてたの？」

田中(たなか)くんがパーティ開けされたスナック菓子を食べながら、その二人を見た。

なぜか古賀くんが気まずそうな顔をする。

私はこの時点でも、まだまったく考えてなかったんだ。だから、

「んー……そだね。みんなも知ってることだし、もう古賀くん本人にも言ったあとだから、今のうちに伝えとくわ。じつはちょうどその、マジックアワーのときにさ――」

火乃子ちゃんのその発言で、心臓が一気に跳ね上がった。

「あたし、古賀くんに告白してきました」

「――っ⁉」

田中くんと青嵐くんが「え、マジで⁉」みたいなことを言って、騒ぎ出した。

そんな二人の声もよく聞き取れない。すごく遠くから聞こえる異国の言葉みたいに、いまいち頭に入らなかった。とりあえず二人の表情から、祝福を叫んでいることだけはわかった。

今の火乃子ちゃんの発言は、それぐらい、私から現実感を奪っていった。

もちろん私の大親友が古賀くんに告白しようとしていることは、知っていた。

だけど私は大きな勘違いをしていたらしい。だって火乃子ちゃんは、こう言っていたから。

――恋のマジックアワー伝説ねぇ……アホらし。

――年内には古賀くんに告白しようって思ってる。

なにも間違ったことは言ってない。きっと火乃子ちゃんは本当に恋のマジックアワー伝説を馬鹿馬鹿しいと思っていただろうし、「年内には」って言葉を聞いた私が、勝手にもっと先のことなんだって思い込んでいただけだ。

だから火乃子ちゃんはなにも悪くない。

そもそも恋をしてしまうこと自体、なにも悪いことじゃないんだから。


「んじゃお前らは、もう付き合ってるってことでいいんか？」

「あはは、じつはあたしがビビりで、まだ答え聞いてなかったりする」

「なんだよそれ……じゃあ純也、もう僕らの前ではっきり言っちゃおうよ」

「あー、だめだめ！　今はあたしが聞きたくないの！　二年になる頃にもっかい聞くって話にしたから！　ね、古賀くん？」

「その……えっと、俺は……」

「だーかーらー、今はまだ言うなし！」


みんなの会話は続いていて、一応少しは耳に届いていたけれど。

私はまるで夢の中にいるみたいに、全身の感覚が消失していた。本当に自分がここに存在しているのかどうかさえ、疑わしい。なにひとつ喋れないし、あるのはきっと体だけ。

それはもう悪夢以上の悪夢で。

せめて泣き出したり、逃げ出したりしなかったことだけは、自分を褒めようと思う。

それからすぐ、みんなの終電の時間になってくれたことが本当に幸いだった。

まだ現実感を取り戻していない私は、あれから途端に口数が減った古賀くんと一緒に、アパートの下まで降りて、みんなを見送った。

遠ざかっていく田中くんと青嵐くんと火乃子ちゃんの姿が見えなくなって。

もう冬の訪れが近い秋の夜長に、私はアパートの下で古賀くんと二人きりになる。

火乃子ちゃんは帰り際も、私たちが二人きりになることに対して、特別変な感情は抱いていない様子だった。私のことを、今も親友として信じて疑っていないことの証左。裏切りや略奪の可能性なんて、わずかにも考えていない絶対の信頼。

私はそれを、確かに感じ取った。

つまり私は恋敵とすら見做されていない。そしてもはや、実際にそうだった。

隣の古賀くんが、おずおずと口を開く。

「あ、あのさ……さっき朝霧さんが言ったことなんだけど……」

「よかったじゃん」

大きく伸びをした。肌寒い夜風が全身を刺して、少し痛かった。

「あーあ……古賀くんの争奪戦なんて死ぬほど馬鹿馬鹿しい戦いは、やっぱ私の負けかあ」

「おい、待ってくれ」

「いや～、あと一歩遅かったなあ。こんなの古賀くんの人生で、もう二度とないよ？　同時に二人の女子から言い寄られるなんてさ。言っとくけど古賀くんって、クラスの女子のなかでも圧倒的に不人気だからね？　別にかっこよくもないし、音痴だし、ざ古賀だし」

「成嶋さん、俺の話も聞いてくれよ」

「ま、私の敗因はあれだね。火乃子ちゃんと違って、みんなに公言できなかったこと。黙って付き合おうなんて言っちゃったこと。だから全部、ぜーんぶ私の自爆です。ううん、ずるいことしようとした罰かな。あはは」

古賀くんの顔を見ないまま、アパートの外階段に向かう。もうさっさと帰って寝たかった。

それでも全身がやけに重たくて。

ずびた――――ん！

私は受け身もとれず、真正面から派手にすっ転んでしまう。

あまりにも勢いがすごすぎて、古賀くんも笑うに笑えなかったみたい。

「な、成嶋さん大丈夫か――!?」

地面に突っ伏した私に、手を差し伸ばしてくれたんだけど。

「……痛い」

もちろんそんな手は摑めなくて。

「痛い……よぉ…………ぐす……」

打ちつけた膝と肘が、じくじくと疼くように痛み始めて。

「……う……ふぇぇ……うぇぇぇぇぇぇ……」

いよいよ現実感を覚えた私は、ついに感情のダムが決壊する。

「うぇえええええん！　うわあああああああんッ！」

子どもみたいに。くそガキみたいに。

近所の迷惑なんてなにも考えず、私は大声で泣き喚いた。

「お、おいマジで大丈夫か……？」

「こっちくんな！　さわんな！」

古賀くんの手を思いっきり払いのける。

そこで私は、彼の顔を、やっと見る。

その困惑した顔は、歪んでいる私にとって、やっぱりどうしようもなく好きで。

私はまた、困らせるようなことを言ってしまう。

「急に順番が変わったから、しょうがないんだけど……でもでも！　古賀くんに私のステージ見てほしかったよ！　いっぱい練習してきたギター、聴いてほしかったよ！　まさかそのときに、火乃子ちゃんに告白されてたなんて、そんなの……ひどすぎるよぉっ！」

「だからその話なんだけどさ……俺、朝霧さんのことは、ちゃんと断ろうって思ってる。本当はすぐにでも、そうするべきだったんだけど……」

「………ねえ。もしかして、だけどさ」

打ちつけた膝は痛かったけど、私はしっかりと立ちあがった。

「古賀くんは火乃子ちゃんをふっても、今までどおりの友達でいられる、なんて考えてないよね……？　火乃子ちゃんは確かに強い人だけど、無敵ってわけじゃない。ちゃんと女の子なんだよ……？」

「そんなの……わかってるよ」

「本当にわかってる⁉　なんで火乃子ちゃんが二年になる頃にもう一回聞くって言ったか、その意味も本当にわかってるの⁉」

二年生に進級するときには、クラス替えがあるから。

別々のクラスになって、古賀くんとも会う頻度が減るかもしれないから。

だから火乃子ちゃんは、そのときに告白の返事がほしいって言ったんだ。

つまりそれは、ふられてしまったときの予防策。ふられてもなお、今までどおり一緒にいるのは、やっぱりつらいっていう、火乃子ちゃんなりの無言のメッセージ――――。

「古賀くんがふったら、火乃子ちゃんは絶対離れていくよ……？　もう今までどおりなんて、絶対に無理だよ……？」

「だ、だから……それくらい、俺でもさすがに、わかってるってば……」

「じゃあ、なにが正解かもわかるよね……？　古賀くんは火乃子ちゃんのこと、まだちょっとは好きなんでしょ……？　だったらやっぱり、付き合うべきだと思う。だってそれなら、古賀くんの望みどおり、私たちはまだ五人組でいられる。悲しいけど、私だってそのほうが……」

「……そんな気持ちで、付き合えるわけがないだろ。だいたい俺にはもう、ほかに好きな人がいるんだ――」

「っ⁉」

古賀くんにまっすぐ見つめられて、心臓が強く跳ね上がる。

さっきの火乃子ちゃんの発言を聞いたときとは違う、まったく別種の甘い脈動。

「その、さ……俺、今までずっと、言えなかったんだけど……」

期待と幸福を乗せた凄(すさ)まじい電流が全身を駆け巡り、脳がショートしそうになる。

「俺は、成嶋さんの、ことが――」

それは私にとって、あまりにも甘美な猛毒になると思ったからこそ。


「言わないでッッ！」

最後まで聞き遂げたい本能を、力づくで抑え込んだ。

「今さらそれを言われたら……もう、だめなの……本当に全部、おしまいなの……」

「成嶋さん……」

もう本当にだめなんだ。

火乃子ちゃんが告白する前だったら、私たちの関係を公表して正式な恋人になっても、まだなんとかなったのかもしれない。もちろん恨まれるだろうけど……それでもまだ、みんなで友達を続けられるって信じられた。少なくとも、さっきまでの私はそう信じようとしていた。

でもそれでさえ、可能性の低いギリギリのラインだったっていうのに。

「古賀くんは……もう告白されちゃったんだよ？　そんなのさ、もう絶対だめに決まってるじゃん……」

ここで古賀くんが火乃子ちゃんの告白を断って、私と付き合い始めるなんて――――いくらなんでも、ありえない。それはもう「信じる」とかのレベルじゃない。

「同じグループのなかでさ、告白してきた子をふってさ、その横にいる別の女と付き合うなんてさ、そんなの成り立つわけないよね……？　さすがに友達関係めちゃくちゃだよね……？」

「あ……」

「し、しかもさ、私と違って火乃子ちゃんの気持ちは、もう古賀くんを含めて全員が知っちゃってるんだよ……？　それでも古賀くんは火乃子ちゃんをふって、私と付き合いたいって言うの……？　どんな顔して付き合うの？　あは、気持ちは嬉しいけどさ、もうここまできちゃったら、さすがに私は、ちょっと無理、かなぁ…………あはは……」

「ご、ごめん……本当に、俺、バカすぎた。本当に……」

もう友情もなにもあったものじゃない。泥沼の略奪劇に足を踏み入れかけている。

いま古賀くんが言おうとしたことは、みんなの関係を根幹から破壊する爆弾だ。それが爆発すれば、私と火乃子ちゃんはもちろんのこと、あの五人組自体がバラバラになる。あの素敵な時間は永久に消し飛ぶ。

私はもう、古賀くんの気持ちは受け取れない。聞くわけにはいかない。

それは私がずっと焦がれてきた言葉だったはずなのに。

みんなとの友達関係を残すためには、もう絶対に聞くわけにはいかなかった。

「わ、私は、ひの、火乃子ちゃんと、古賀くんが、幸せになってくれるなら……それで……それでもう……いい、から……っ！」

涙でうまく喋(しゃべ)れないことをもどかしく思いながら、がんばってそれだけ口にすると。

古賀くんを置き去りにして、アパートの外階段を一人で駆け上がっていった。


「…………ぐす……」

部屋の隅にうずくまったまま、私はもう二時間以上も泣き続けた。

涙は本当に涸(か)れなくて、ティッシュを丸々一箱消費した。それでも涸(か)れてくれないもんだから、最初からタオルを使えばよかったなんて思った。

——二人が幸せならそれでいい、なんて嘘だ。

恋愛の敗者が口にするそんなセリフは、絶対にただの言い訳でしかない。

心からそれが言えると豪語する女がいるなら、ぜひとも連れてきてほしい。そしたら私は、嘲笑と憐れみを込めて言ってやる。

本気じゃなかったんだね————って。

私はこれで身を引くけれど……もちろん、二人が幸せになってくれるならそれでいい、なんて偽善で引くわけじゃない。

ただ諦めただけだ。みんなや火乃子ちゃんとの関係を壊すことは、できなかったから。

私はもう、古賀くん以外を好きになれるわけがないのに。

それでもほかに、道はない。

「こんなにつらいなんて……最初から隠れて付き合おうなんて言った自分のせいだって、わかってるけどさ……こんなの、重すぎる罰だよ……っ」

隣の部屋には古賀くんがいるから、大声で泣き喚くことも許されない。

だから私は、目を閉じたまま、声を押し殺して咽び泣く。

どうせ目を開けたところで世界は真っ暗なんだから。

ふと。

古賀くんの部屋から聴き慣れた——ううん、弾き慣れてしまった旋律が聞こえてきた。

月とヘロディアスの『群青色』。

子どもたちの痛々しい青春を歌った曲。今日のステージで私が古賀くんに聴かせる予定だった、告白代わりの曲。でも古賀くんはその時間、ちょうど教室で火乃子ちゃんに告白されていたから、聴いてもらえなかった。

……古賀くんは今、どんな気持ちで、この曲を聴いてるんだろう。

それを耳にしていると、その曲の制作者のことも思い出されて。

机の引き出しから一枚の名刺を引っ張り出す。

私は無意識のうちに、その名刺に書かれていたスマホの番号に電話をかけていた。

「————っ⁉」

コール音が鳴った途端、我に返って即座に切る。

…………最低だよ、私。こんなの、本当に最低だよ。

だって今、この苦しさと寂しさを埋めようとして、私は————。

すぐに折り返しの電話がかかってきた。

弱さに怯えていた私は、出ないと近所迷惑になると言い聞かせながら、電話に出る。

『夜瑠さんだよね？』

時刻は深夜の一時過ぎ。

『やっと連絡をくれたね。待ってたよ』

そんな時間でもすぐに折り返しの電話をくれたエルシドさんの声が、温かく感じられた。

「………ごめんなさい」

私はなにに対して謝ったのか、自分でもわからなかった。

もちろんエルシドさんは、深夜の電話に対してのことだと解釈したみたい。

『気にしなくていいよ。今日の後夜祭のステージ、じつは僕も見に行ってたんだ。夜瑠さんとその話がしたくて、ずっと連絡を待ってた。本当に待ち遠しかったよ』

「……学校に、来てくれてたんですか」

『ああ。本当に素晴らしかった。僕の曲をあんな素敵にアレンジしてくれて、ありがとう』

エルシドさんは約束どおり、ちゃんと見にきてくれたらしい。

私の音を、ちゃんと聴いてくれたらしい。

『あれは好きな男の子のために弾いたんだよね？　すごく伝わってきたよ。心から嫉妬するくらい』

そしてエルシドさんは、あえて古賀くんの名前を出さなかった。

「エルシドさん……その……私は……」

『獅童(しどう)』

「え？」

『僕の本名。獅童礼次郎(れいじろう)。夜瑠さんには、もうそっちで呼んでもらいたいな』

それはネットのどこにも公開されていない、秘密の名前。

きっと特別な人にしか教えない、エルシドさんの内緒の本名。

「獅童礼次郎さん……あはは、だから『L・シドー』なんですね。なんですかそれ。あはは」

悲しいことに、私はちゃんと笑えた。

ほんの少しだけど、楽しい気分になってしまった。

『僕の気持ちは前に伝えたとおりだよ。今度こそ食事でもどうだい？　よければ二人で』

第十二話　訣別（けつべつ）

文化祭の次の日は、日曜なのに全校生徒が駆り出されての撤収作業日。

昨日は夜遅くまで後夜祭があったから、この日にまとめて片付けることになってるんだ。

俺たちのクラスは合唱だったから、別に片付けなんてとくにないんだけど、そういうクラスは清掃に回されることになる。

校舎のいたるところに残されたままの張り紙とかを剝がして、廊下にモップをかける。

祭りのあとっていうのは、なんだか物悲しくなるもんだな……はあ……。

何度目かのあくびを嚙（か）み殺（ころ）したところで、一緒にモップをかけていた青嵐（せいらん）が嘆息した。

「お前なあ。さっきから全然身が入ってねーぞ」

「しょうがないだろ。昨日は全然寝れなかったんだから」

「ああ？　もしかして、あれか？　朝霧（あさぎり）のことでも考えてたんか、この」

青嵐が囃（はや）し立（た）てるように、モップの柄で俺を突いてくる。

朝霧さんのことを考えていたのは事実だけど、たぶん青嵐の思っていることとは少し違う。

俺は成嶋夜瑠っていう女の子を通して、朝霧さんのことを考えていた。

──言わないでッッ！

──今さらそれを言われたら……もう、だめなの……本当に全部、おしまいなの……。

昨日の夜。俺は勢い余って、成嶋さんに正直な気持ちを伝えようとした。

そのとき制止されて言われた言葉が、それだった。

「……どこまでガキなんだよ、俺は……」

隣の青嵐に聞こえないように、小さく漏らす。

俺はあの瞬間、先走りすぎて、自分の恋しか見えていなかった。

でも成嶋さんは違った。俺と違って、ちゃんと朝霧さんのことを考えていた。

勇気を出して俺に告白してくれた朝霧さんをふって、その親友の成嶋さんと付き合うなんてできるわけがないのに。いくらバカな俺でも、考えたらわかるはずなのに。

それでも俺は昨日、成嶋さんに告白しようとしてしまった。

そんなの聞いてもらえなくて当然だ。

「……だいたい遅すぎるんだよ、くそが」

俺はどうしても今の五人の関係を壊したくなくて。成嶋さんや自分の気持ちから逃げ回っているうちに、朝霧さんに告白されて。

もう成嶋さんとは、本当に付き合える段階じゃなくなってしまった。

告白してくれた朝霧さんの気持ちは本気で嬉しかったけど、俺が成嶋さんに恋をしている今の状態で受け入れられるわけがない。だからあの告白は断るしかない。

そして俺がふってしまうと、朝霧さんはきっと俺たちの前から離れていく。ずっと友達関係を続けたいとは言ってくれたけど、そう簡単な話じゃないってことくらい俺もわかってる。

——朝霧火乃子がグループを抜けるなら、気兼ねなく成嶋夜瑠と付き合ったらいい。

二人の友達関係を無視したそんな邪悪な囁きが一切なかったかと言えば、嘘になる。

もちろんできるわけがないし、たとえ一瞬でもよぎってしまったその自分本位な考えに、俺は恐怖さえした。だって前までの俺なら、そんなこと絶対に考えなかったはずだから。

ちょうどそこで、俺のスマホにメッセージが届いた。

成嶋夜瑠【掃除がんばってるかい？】

成嶋夜瑠【サボりたくなったら屋上に来たまえ。私はすでにそこでサボっている】

……成嶋さんが俺を呼んでいる。

やけに明るい調子で、屋上に来いって言っている。

「悪い青嵐。ちょっとトイレ行ってくるわ」

「うーす」

俺と二人で掃除していた青嵐にモップを預けて、屋上に向かう。

成嶋さんと密会するためにつく嘘は、もう口に馴染みすぎていた。


ほかに誰もいない昼前の屋上に、成嶋夜瑠は立っていた。

冬の訪れを感じさせる強い北風を浴びて、長い黒髪を艶やかに耳にかけながら。

成嶋夜瑠は、笑顔でそこに立っていた。

「おっす。急に呼び出してごめんね。青嵐くんには怪しまれなかった？」

「たぶんな」

「私も火乃子ちゃんと昇降口の掃除をしてたんだけどさ。職員室に用事があるの忘れてたって言ったら、まったく疑われなかった」

「おたがい嘘に慣れすぎちゃったよな」

顔を見合わせた俺たちは、いたずらっ子のように少しだけ笑う。

そこにあるのは確かな罪悪感と、こっそり会っていることに対する不思議な高揚感。

いけないことだってわかってるのに、それでも友達を欺いている最悪の背信。

今日の成嶋さんは、昨日の夜のことなんてなかったかのように、普段どおりだった。

朝のホームルームの前にいつもの五人で顔を合わせたときも、いつもと同じ。俺からすれば完璧な猫かぶり。本当にいつもどおりの空気感で、五人で和気藹々と話していた。

だからこそ俺は改めて、この五人組の時間はやっぱり特別だなって思わされたけど。

でもそれだって、俺が朝霧さんの告白に返事をするまでだ。

俺たち五人は、もうすぐ今のままじゃいられなくなる。少なくとも、そこから一人は欠けてしまう。

「火乃子ちゃんと付き合う気になった？」

成嶋さんが俺の胸中を読んだように言った。しっかりと笑顔を浮かべたままで。

「だから俺は」

「昨日も言ったけど、付き合うのが正解だよ。そしたら火乃子ちゃんは離れていかない。また私たちは、親友五人組のままでいられる。そりゃ今までどおり、まったく同じ空気感ってわけにはいかないだろうけど……それでも私を含めて、五人でいられるんだよ？　だから、ね？」

「こんな気持ちで、朝霧さんと付き合うなんて、無理だよ」

もちろん『こんな気持ち』の詳細は、今さら口にしない。

「そりゃ朝霧さんのことは、間違いなく好きだよ。でもその『好き』は……」

「まだ『恋』じゃないって言いたいの？」

「……そうだな」

それだけが理由じゃないんだけど、素直に首肯しておく。

「恋に発展するかどうかは、付き合ってから判断する。そんな形もあっていいと思うけど」

「そういうのは、ほかに好きな子がいない奴がすることだろ」

だって俺には、まだ好きな人がいる。

歪んでいるけど、まっすぐで。気が強いくせに、泣き虫で。怖いけれど、愛しくて。友達なのに――――恋人にしたくなるような。

そんな矛盾だらけの成嶋夜瑠に、まだ恋をしたままなんだよ。

だけどそんなことは、もう本当に言える段階じゃない。今さら言うことは許されない。

「――――あは」

寂しげに笑った成嶋さんが、俺から顔を背けるように、昼前の青い秋空を仰ぎ見た。

「昨日はマジックアワーで告白されたんだよね？」

「……ああ」

「よし！」

ぱんと両手を打ち鳴らした成嶋さんが、俺に向き直った。

「つまんない伝説だと思ってたけど、私もやってみようかな。昨日はできなかったんだし」

「……なにをだよ？」

そいつはスカートのポケットから、スマホを取り出す。

「私、今から古賀(こが)くんに告白するね。だから、ちゃんとふってよ～？」

「告白って……なにが……？」

わけがわからない俺を放置して、成嶋夜瑠は自分のスマホをいじり始める。

「知らない？　スマホって時刻表示を変えられるんだよ。えっと、昨日の日の入りは……こんなもんかな。あ、もう好きって言わない約束、最後に破っちゃうけど、それくらい許してね」

そして俺に向かって、スマホの画面を突き出してきた。

「はい。これで昨日の文化祭と後夜祭の間の、マジックアワーになりました」

そのホーム画面に表示されている日付と時間は――――昨日の夕方頃になっていた。

昨日、俺が朝霧さんに告白されていた頃。成嶋さんがステージに上がろうとしていた頃。

成嶋夜瑠のスマホは、そのあたりの時刻を示していた。

「待て……一体どういうことだよ……本当に、意味が……」

「だから。最後に私は古賀くんにちゃんとふられて、この秘密の恋を終わらせるって言ってんの。どうせ告白するなら、その舞台もしっかり整えないとね。というわけで、今は昨日。夕方と夜の間のマジックアワーなのです」

成嶋夜瑠はスマホの時刻表示を無理やり変えたホーム画面を見せつけながら。

俺に微笑(ほほえ)みかけてきた。

「恋のマジックアワー伝説の始まりなのです」

……………なんだよそれ。

恋のマジックアワー伝説って、昨日の文化祭の話だろ。

いくらスマホの表示を変えたところで、今日は今日なんだよ。

時間なんて戻らないんだよ。俺が逃げてばっかりだったから、もう全部、手遅れで……っ。

「私、古賀くんのことが好きです。過去形じゃなくて、今も――大好きです」

今日を昨日に戻すなんて行為は、歪(いびつ)でしかなくて。

「だけど私は……や、やっぱり」

だから伝説の真偽なんて関係なく。

「古賀くんとは……付き合えない…………」

俺たちの恋は決して実らない。

「あは……ふってねってお願いしたのに、私からふっちゃう形になっちゃった……あはは」

最初から俺たちの関係こそが、なによりも歪だったんだから。

「私はね、本当に古賀くんが好きだよ。でもやっぱり、火乃子ちゃんが大事。青嵐くんも田中くんも、みんなが大事……人はなにかを得るためには、なにか失わなきゃならないっていうのなら……私は恋じゃなくて、友達のほうを取りたい」

成嶋さんは、答えを出した。

しかも以前とは真逆の答え。昔の成嶋さんは「恋愛のためなら、友達なんていくらでも切り捨てる」って言ってたのに、今はここで、友達のほうを取るって宣言した。

それが嬉しくもあって――――悲しくもあった。

「そっか……」

俺にできるのは、もう頷くことだけ。

「だからさ、これからも私とは、友達として仲良くしてね？　今までのことは誰にも言わないし、こっそり会うのもこれで最後にしよう。というわけで古賀くんは、安心して火乃子ちゃんと付き合ったらいいよ。もう私たちの秘密の関係は、これでおしまいっ！」

ここで朝霧さんと付き合う気はないって繰り返しても、なんの意味も成さない。

だから俺は、やっぱり頷くしかない。

「ああ」

「────じゃ、じゃあね、古賀くん……ば、ばいばい」

成嶋さんが俺に背を向ける。屋上の塔屋に向かって歩いていく。

成嶋夜瑠が────行ってしまう。

「あ……っ」

後ろから抱きしめてしまっていた。

俺は無意識のうちに、その背中を追いかけて。

「……なにしてんの？」

そんなの俺にだってわからない。

「ごめん成嶋さん……本当に……ほんとうにごめん……ごめんな……」

わからないから、ただ謝る。

なんの意味もないってことも理解してる。

本当に伝えなきゃならない言葉は、もう伝えられないんだから。

だから俺はそいつを抱きしめながら、ただひたすら泣いて、謝った。

「ごめんな、成嶋さん……俺が臆病だったから……逃げてばっかりだったから……っ」

成嶋さんは決して振り返らず、後ろから抱きしめている俺の腕に、そっと手を添える。

「本当に……くそガキだね。古賀くんは……」

その声だって涙で震えていた。

「ううん、わ、私もくそガキ……だったね……だからどっちも、間違えちゃったんだね……」

俺と成嶋さん。

どこかで間違えた不器用なガキ同士、顔を見合わせることもなく、ただ静かに泣く。

でもそれだって一瞬のこと。すぐに離れて涙を拭った。

誰かに見つかる前に。誰にもバレないように。

歪(ゆが)んでしまった友達関係を元に戻すように、俺たちはまっすぐ並んで校舎に戻っていった。


文化祭の後片付けは、午前中に終わった。

そのあと簡単なホームルームを経て、下校時間になる。

俺たち五人は揃(そろ)って教室を出て、昇降口を抜けて、校舎から出る。

「てか俺ら全員で一緒に帰んの、久々だよな？」

「そだね～。あ、そういや田中くんって、掃除中どこ行ってたんよ？」

「実行委員の反省会。別に掃除をサボってたわけじゃないからね」

「あはは……その、やること多そうだもんね……」

そこにいるのは、いつもの気弱な成嶋夜瑠。さっきまで屋上にいた成嶋夜瑠はまるで幻だったんじゃないかって思えるほど、完璧にいつもどおりの立ち振る舞い。

実際に幻っていってもいいのかもしれない。俺たちの秘密の関係はあそこで終わって、この恋はもう蜃気楼のように掴めなくなってしまったんだから。

「よっしゃあああっ！」

成嶋さんがいつもどおりなら、せめて俺もいつもどおりに振る舞おう。

「まだ昼なんだし、とりあえずみんなでファミレスでも行こうぜ！」

「あ、そ、その……ごめん、私、今日はちょっと、用事があって……」

成嶋さんがそう言ったのは、ちょうど校門に差し掛かったタイミングだった。

「夜瑠さん」

校門の脇に立っていた黄色いサングラスの男性が、成嶋さんに向かって片手をあげた。

エルシドさん、だった。

「じゃあ、行こうか」

「………はい」

短く答えた成嶋さんは、エルシドさんの後ろに停まっていた銀色のクラウンに向かう。

二人で、その車に、乗り込もうとする。

——そっか……そういうことか。

「ちょ、ちょい待って！　まさか夜瑠、エルシドさんと二人で出かけんの？　車で⁉」

「う、うん……その、食事に連れていってもらう約束があって……だから、今日はごめんね」

――――俺は本当に、たくさん間違えてしまったんだな。

「そういうわけなんで、夜瑠さんを少しお借りするよ。みんな悪いね」

エルシドさんと成嶋さんが乗った銀色のクラウンは、唖然とする俺たちを残して、滑るように発進した。

成嶋夜瑠は最後まで、俺を一度も見ようとはしなかった。

「今のって……え、エルシドPだよな⁉　なんで成嶋と⁉　どゆこと⁉」

「や、どうもなにも……そういうこと、じゃないの……？」

「うう～。まさか成嶋さんが、あんな大人の男の人と車デートに行っちゃうなんて……」

青嵐たちがなんか喋っていたけど、俺の耳にはほとんど入っていなかった。

ただ呆然と、遠くへ走り去っていくクラウンのテールを、見つめていた。

俺と成嶋さんは最近まで、ほとんど毎晩一緒にメシを食っていて。俺たち二人しか知らないいろんなことを、たくさんたくさん話したりして――――。

ほかにもあいつと過ごしたいろんな思い出が、頭の中にどんどん蘇ってくる。

二人だけでこっそりプリントシールを撮ったこと。

だだっ広い田舎道をチャリで二人乗りしたこと。

明け方までの長電話をしたこと。

……キスをしてしまったこと。

全部が全部、後ろめたさが潜む、二人だけの秘密の思い出だった。

そんな歪な関係を修復して、ただの友達に戻れるのなら、それが一番いいんだ。

成嶋さんもそれを望んでいるからこそ、エルシドさんのところに行ったんだと思う。

ふと俺は、自分の手のひらを見た。

成嶋夜瑠と『最初の秘密』を共有したとき、そこにはアイスがついていた。

うだるほど暑かったあの夏の日。手のひらについたアイスを舐めとったときの味は、今でも鮮明に覚えている。自分の手汗による苦味の奥に、蕩けるような甘さがあった。

それは誰にも言えない秘密の恋と、完璧な相似形。

秘密の氷菓子は、誰にも悟られることがないまま、こっそりと溶けて消えていく。

これからもきっと口外しない、二人だけの一生の秘密として、記憶の中だけに残る。

俺は最初から、わかってたはずだろ。

グループのなかで好きな子なんて、絶対に作っちゃだめだって——……。

第十三話　矯正

文化祭が終わって以来、いつもの五人で過ごす時間がまた戻っていた。

いつもの仲良し五人グループ。

俺と成嶋さんの歪な関係が介在する前の、元通りの五人組。

もちろん朝霧さんの告白を保留にしている以上、完全に元通りとは言えないけど。

それでもあの頃に比べると、本当にただの健全な親友五人グループだった。

その日も俺たち五人は、みんなで一緒に帰っていた。


「てか夜瑠の誕生日会、どうすんの？　もうすぐだけど、やっぱ当日にやる？」

「あ、ご、ごめん……じつは誕生日の当日は、もう予定があって……」

「なんだあ？　またエルシドさん関係かあ？　マジで羨ましいわ、成嶋」

「でも付き合ってるわけじゃないって、言ってたよね……？」

「え、も、もちろんだよ。えと、たまにご飯とかに、連れていってもらってるだけ……」

そんな話で盛り上がる四人に対して、俺は平然と言う。

「ま、成嶋さんの誕生日会は別日にやってやろうぜ。場所は俺ん家でいいよな？」

やがていつもの交差点に差し掛かって、

「んじゃ、またなー」

「おう、また明日」

電車組の三人と別れる。

俺と成嶋さんは、いつものように二人で並んで、アパートに向かう。

もちろんそこでも俺たち二人は、ただの友達同士。だから何気ない会話をするだけ。

「古賀くんはもう期末考査の勉強とかしてる？」

「俺がやると思うか？　まだ十一月も終わってねーし」

「だよね～。聞いた私がバカでした」

そこではやっぱり、俺と二人でいるとき限定の明るい成嶋夜瑠になる。それでもただの友達同士。とくに深い話をするわけでもなく、誰にも言えない秘密の会話だって、もうない。

だからこの話題だって、あくまで友達同士の日常会話として交わすだけだった。

「てかマジで、まだエルシドさんと付き合ってないの？」

「当たり前じゃん。私、まだ未成年だよ？　まあ交際前提でデートしてるのは確かだけど」

成嶋さんはあれから、エルシドさんとよく出かける関係になっていた。

本人も言ったとおり、まだ正式な恋人ってわけじゃないみたいだけど、それはただ倫理的な問題があるからにすぎない。エルシドさんの愛情は深そうだし、このままいけば二人が恋人になる日もきっとくるだろう。

アパートまで続く田舎の広い県道を歩きながら、俺たちはただ凡庸な会話を続ける。

「まあ、誕生日当日はエルシドさんと楽しんできてくれよ。俺たちは別日で盛大なビッグパーティを企画してやるからさ」

「んふ、ありがと。プレゼントも期待してるよん♪」

「なんか欲しいものある？」

「うっわ、出た〜。男のそれ、ほんとだめ。プレゼントっていうのはね、自分で考えたものを渡すからプレゼントなんだよ？　リクエストしたらそれ、贈り物じゃなくて貢ぎ物（みつもの）だから」

本当に、凡庸な会話を、続けていたんだけど。

「わかったわかった。でも参考までに、いま欲しいものを聞くぐらいはいいだろ」

「えー、だってそれ言ったら、古賀くんきっと困っちゃうし」

「なんだよ。なにが欲しいんだ？　まあ、あんまり高いものじゃなければ……」

「えっとね、私がいま一番欲しいものはね――――――――――あれ？」

並んで歩いていた成嶋さんの足が、ぴたりと止まった。

どうした、と思って振り返ると。

そいつは指先で目尻を拭っていた。

「あはは……おかしいな。なんで涙出るんだろ。あはは……ぐす……」

……本当にそうだよ。もうやめてくれよ。

……そういう顔を見てしまうと、俺はまた——。

「あ、そうだ。あれだ。まだこれ持ってたからだ。あはは」

成嶋さんは硬い笑顔のまま、通学カバンをまさぐった。

そして中から、一枚のプリントシールを取り出す。

それは秋が深まり始めた頃、みんなでゲーセンに行ったとき、俺たちが二人だけでこっそり撮ったプリントシール。俺のほっぺたが成嶋さんに思いっきり引っ張られて、カエルみたいな顔になっている写真のシール。

成嶋さんが「一生の宝物にする」って言ってくれた、秘密の思い出のひとつだった。

「なんでそれが……カバンの中に……？」

「だ、だってどっかに堂々と貼るわけにもいかなかったし……あ、でも今は単純に捨てるのを忘れてただけから。あはは……なんか未練たらたらみたいで、くっそダサいね私……あは」

本当に捨てることを忘れていただけなのか。

本当にそれだけなのか。

もし「違う」って言ってくれるなら、俺は――――。

「こ、こんなのまだ持ってるほうがおかしいもんね。だから……ね？」

成嶋さんはその宝物のシールを両手で持つと。

思いっきり縦に引き裂いた。

ぐしゃぐしゃと丸めて、自分のポケットに突っ込む。

――――そうだよな。それが正解なんだよな。

それは多少乱暴でも、俺たちの歪な関係を矯正するためには必要な行為だった。

「ね？　本当はここで捨てたいんだけど、私、ポイ捨ては悪だと思ってるから。あとで部屋のゴミ箱にちゃんと捨てる。もし古賀くんもまだ持ってたら、ちゃんと捨ててね？」

「……ああ」

もちろん俺だって、まだ持ってるよ。成嶋さんと切り分けたその大事な宝物を。

だけど俺も、あとでちゃんと捨てることにした。

「というわけで、これで全部なし！　もうほんっとに全部、なかったことにしよう！」

成嶋さんはしっかりと笑顔を保っていた。

そして再び、並んで夕暮れの田舎道を歩き出す。

もう秋を惜しまず、葉を落としていくだけの樹々を尻目に、俺たちはまっすぐ歩いていく。

「てかそれよりもさ。古賀くんこそ、火乃子ちゃんとどうなんだよ～？　最近はよく二人だけで遊んだりしてるもんね？　火乃子ちゃんからもいろいろ聞いてるんだぞ、私は」

「そりゃ友達なんだから遊ぶだろ」

「でも古賀くんのほうも、ちょっとは意識し始めてたりして？」

「んー、そういう部分も、あるのかなぁ……？」

悲しい。

「ええ～、なんかいい感じじゃん？　付き合うことになったら、すぐ教えてね？」

「はは、わかってるよ。期待して待っとけ」

哀しいよ、成嶋さん。

だけど俺たちはもう、前の関係に戻る道を選ばない。

俺たちは本当に不器用で臆病で、この恋を掴み取る資格を失ってしまったんだから。

二人だけの恋よりも、五人でいる友達関係を選んだんだから。

だから未だに少し燻っているこの歪な空気も、ここで矯正する。元の正しい形に戻す。

「ま、私と古賀くんの仲だし、ハグの練習くらいなら付き合ってやってもいいんだぞ～？」

「あのなあ。いくらただの友達でも、それはまずいだろ」

「あはは。私たち一応、男と女だもんね。よくないよくない」

本当は思わず抱き寄せてしまいそうになったんだけど。

哀しい嘘をついた意味がなくなりそうで、やめた。


数日後。成嶋さんの誕生日当日。

俺は駅前のでっかいゲーセンで、朝霧さんと二人だけで遊んでいた。

「……朝霧さんって、マジで音ゲー下手だな」

「むき～っ！　なんで勝てないかなあ⁉」

最近はこういうパターンが増えた。学校のあと、俺は朝霧さんに誘われたら、電車組の三人と一緒に駅前まで行く。青嵐と新太郎はそこでやたら腹立つ笑顔を浮かべて、先に電車で帰っていく。残された俺と朝霧さんの二人は、そのまま適当に街をぶらつく。

今日もそれと同じ流れだった。

この前の成嶋さんの言葉を使うなら、俺たちも一応は交際前提で遊んでいることになる。

──二年になる頃にもっかい聞くんで、ふるならせめて、そのときでよろ。

そんな朝霧さんの告白の返事は、今のところ断る可能性が高いんだけど……それはあくまで可能性の話だ。

こうして二人だけで何度も遊んでいるうちに、俺の気持ちがどう変化するかはわからない。

恋は本当に予測不能だって、俺はよく知っているから。

「よーし、古賀くん！　次はメダルゲームで勝負すんぞ！」

「はは、上等だ。そっちでもブチのめしてやるよ」

朝霧火乃子さんは負けず嫌いで、ノリがよくて、とにかく元気な女の子。

あの五人組のなかで、率先して遊びの提案をする俺を仮に「大将」とするなら、「副将」は間違いなく朝霧さん。青嵐や新太郎よりも真っ先に俺の意見に飛びついて、みんなをぐいぐいと引っ張ってくれる俺の相棒的な存在だった。

初めて会った頃は、こんなにも俺と張り合ってくれる女子がいるんだって驚いた。

ここまで対等に接することができる女子の親友ができたことに、心底喜んだ。

男女の垣根を超えたそんな友情が、いつしか俺の中で、淡い恋心に変わっていったんだ。

その恋心は、成嶋夜瑠とあんな関係になったことで一度は消えたんだけど。

「うげぇ〜……古賀くんってば、メダルゲームまで強いんだもんなあ。まじ無敵かよ」

「ブチのめすって言ったろ？　俺が手加減するとでも思ったか」

「や、手加減されたら、あたしがブチギレる。女だからってナメるんじゃないわよ？」

「なんだその口調。似合わねー」

朝霧さんに対する友情と、相棒としての思いは、もちろん一度もブレたことはない。

俺はこうして男友達みたいに張り合ってくる朝霧火乃子さんが、本当に好きだ。

もともと朝霧さんに恋心を抱いていた俺にとって、当然この『好き』は、限りなく『恋』に近いんだと思う。やっぱり恋人になりたいなんて考え直しても、なにも不思議じゃない。

それにもし俺と朝霧さんが恋人になったら、俺たち五人は誰一人欠けることなく、今のままでやっていける。

成嶋さんとも普通の友達関係に戻ったんだし、もうそれが正解なのかもな……。

ちなみにその成嶋さんは、今日も放課後に校門で待っていたエルシドさんと合流して、車で出かけていった。今日はあいつの誕生日ってことで、『ラ・なんたら』とかいう、いかにもなフランス料理屋で豪華なディナーをご馳走してもらうんだと。

……今ごろ楽しんでるかな、あいつ。

エルシドさんと二人きりのときの成嶋夜瑠は、一体どんな成嶋夜瑠になるのかな。

俺のときみたいに、乱暴なことはしてなきゃいいけど。

腕ひしぎとかさ。はは。

「んー……？　なんか古賀くんってさ」

ふいに朝霧さんが、俺をじっと見つめてきた。

「最近ちょっと、大人っぽくなった？」

「そうか？」

「や、これはいい意味なんだけどさ。なんつーか、大人の哀愁が出た？　みたいな？」

「はは。なんだそりゃ。自覚はまったくないけど」

俺が大人なわけがない。

なにしろ朝霧さんと二人きりでいるくせに、別の女の子のことを考えてしまうような、どうしようもないくそガキの童貞大王様なんだから。

それとも。仮にもデート中に平然とそんなことを考えられるようになってしまったことを、大人っていうんだろうか。

――――だったら、反吐が出るな。

「あ、そだ古賀くん！　一緒にプリ撮らね!?　ちょっと大人っぽくなった記念に！」

その言葉に、俺はずきりと胸が痛んだ。

「あたしら、まだ二人で撮ったことないじゃん？　ね、撮り行こうぜ」

「ああ、そうだな」

朝霧さんに手を引かれて、俺たちはゲーセン一階のプリントシール機コーナーに向かう。

そこは以前、成嶋さんと二人でこっそり撮った思い出の場所だ。

俺にとっても宝物になったあの秘密のシールは、成嶋さんが破り捨てた日に、俺も捨てた。

……俺はこれからも誰かとそれを撮るときは、きっと胸が痛むんだろうな。俺が臆病だったばっかりに、世界で一番大事な女の子を傷つけてしまった罰として、ずっと痛み続けるんだ。

「ちなみに古賀くんって、女子と二人で撮ったことあんの？」

「え？　そういや、ないな……」

ああ、本当に胸が痛む。

いつの間にか俺は、平気でそんな嘘がつける男になってしまった。

世の中には必要な嘘もあるんだと、自分に強く言い聞かせながら。

ただ。

「まあ男って、あんま撮りたがらんよね～」

「やっぱエルシドさんも、夜瑠と二人では撮ったりしないんかな？　なんか想像つかんよね」

「はは。そもそも成嶋さんだって、自分から撮りたがるタイプじゃなさそうだしな」

たとえ俺が、どんなにひどい嘘つきになろうとも。

「でも今日は夜瑠の誕生日デートなんだし、案外撮ってたり？　そのプリ、見てみたくね？」

「…………………」

朝霧さんのその言葉にだけは、嘘で返せなかった。

成嶋夜瑠が俺以外の男と二人で撮ったシールなんて、絶対に見たくなかった。

そうか。

少しだけ、わかった気がする。

大人になるって、きっと「こういうこと」なんだな。

「ん？　おーい、どした古賀くん？　突っ立ってないで早く行こうよ」

「……ああ、悪い。ちょっと考え事してたわ」

俺はガキな自分と訣別したい一心で、朝霧さんに向かって、やっと一歩を踏み出していた。

◇

運転中のエルシドさん——獅童礼次郎さんが、助手席の私をちらっと横目で見た。

「今日は一段と素敵だね。すごく大人っぽいよ、夜瑠さん」

「あは……ありがとうございます」

放課後に校門の前で獅童さんと合流した私は、一旦車でアパートまで送ってもらってから、部屋で着替えてきた。

学校のあとに獅童さんとデートするときは、いつもそうしてもらってる。

大人の男性と制服姿で街を歩くのは、さすがに私もいろいろ抵抗があるから。

今日は私の誕生日だから、いつもよりちょっとだけ大人っぽい私服を選んでみた。オフホワイトのハーフコートに、ベージュのフレアスカート。最近買ったローヒールのパンプスなんかも履いてみた。

大人の男性から「素敵だ」って褒められるのは、素直に嬉しい。

それも相手が獅童さんなら、なおさらだ。

エルシドさんのことは、誰かさんの次に好き。

以前、古賀くんに言ったその言葉に嘘はない。

まだ『恋』じゃないけれど、私は間違いなくエルシドさんこと、獅童礼次郎が『好き』だ。

そもそも私は大人の男がタイプで、獅童さんとは音楽の趣味もばっちり合う。話をしていてもすごく楽しい。

そしてなにより、自分で演奏してみたことで、私は獅童さんの曲が心から好きになった。

大胆なようで繊細な意図が込められた旋律。そこに載せられた透明な歌詞。あんな曲を書ける人は、きっと子どものように純粋なんだろうなって思う。

作品は作者の人格を雄弁に語る。獅童さんの作品を好きになった私は、きっと獅童さん自身のことも本気で好きになれる。このままデートを重ねていけば、いつの日か、私はきっと獅童さんに恋をする。

──それでもあくまで、二位止まりの恋だろうけど。

こんな言い方になってしまうのは、本当に申し訳なく思う。だけど私にとって、一位の恋はそれだけ大きすぎた。あまりにも尊いものだった。

だって彼はこんな私を、グループに受け入れてくれた。

友達の大切さを教えてくれた。

ホタルを見せてくれた。

二人でいろんなことを話して、いろんな秘密を共有した。

全部の思い出が本当に素敵すぎて、言葉なんかで語るにはあまりにも物足りない。

もう諦めてしまったけれど──私はあの秘密で最高の恋を、きっと生涯忘れない。

忘れられるわけがない。

私はこれからも、彼のことをずっと頭の片隅に残したまま、「次点の恋」をして生きていくことになるんだ。

でもたとえ次点だって、れっきとした恋って言えるよね？

「友達から『おめでとう』の連絡はきた？」

「え？」

運転中の獅童さんの声で、私は我に返った。

「スマホ。今日は夜瑠さんの誕生日だからさ」

「あ、えと……あはは。みんなには学校で言ってもらいましたから」

それは事実なんだけど、今はスマホを確認しないと決めている。電源ごと落としている。たぶん古賀く――――じゃなくて、みんなはきっと私の誕生日を祝うメッセージをくれるだろうから。獅童さんとのデート中に、ほかのことで意識を取られるのは申し訳がない。

……まさに今、私はその『ほかのこと』を考えていたくせにね……はあ……。

自嘲気味に嘆息したところで、獅童さんは車を高層ビルの地下駐車場に停めた。

今日はちょっと高めのディナーに連れて行ってくれるんだって。

もちろん私は「そこまでしてもらうのは悪いです」って断ったんだけど、獅童さんは「僕がしたいことだから」と言ってお店を予約してくれた。

先に運転席から降りた獅童さんが、助手席のほうに回り込んでドアを開けてくる。

「店はこのビルの最上階だよ。さ、足元に気をつけて」

私の手を取って、優しく助手席から降ろそうとする。こういうエスコートができるところなんて本当に素敵だし、やっぱり大人の男はかっこいいなって思ってしまう。

「えと、ありが……ぁ――っ⁉」

慣れないパンプスなんて履いていたもんだから、私は助手席から降りた途端に、つんのめってしまった。

手を引いてくれた獅童さんの腕の中に、そのまま飛び込む形になる。

「そ、その……！　ごめんなさい……っ！」

慌てて離れようとしたんだけど。

獅童さんはそれを許してくれなかった。

私の背中に両腕を回して、ぎゅっと抱きしめてきた。

「あ、あの……」

「ごめん夜瑠さん。こんなことするつもりじゃなかったけど……でも僕は真剣だよ」

ほんの少しだけ身を離した獅童さんは、とても近い距離で私を見つめてくる。

キスの距離、だった。


「夜瑠さん。もし、嫌なら、言ってね」

「い、嫌じゃないです……私も、したい……です」


本当にしてもいいと思った。

獅童さんのことが好きなのは間違いないから。ただ「誰かさんの次に」好きってだけ。

だってその誰かさんの隣には、もう火乃子ちゃんがいる。

あとは私がおとなしく身を引けば、あの五人の関係は変わらない。火乃子ちゃんとも親友のままでいられる。

だから、これでいい――――。

「本当に好きだよ……夜瑠さん」

――――はずだった。

頬を伝う水の感触があって、私は反射的に、爆発的に、飛び退いていた。

「夜瑠さん……？」

「……………やだ」

それは無意識のうちに、こぼれた言葉。

その声が自分の耳に届いて初めて、私はキスを拒絶したんだと認識する。

同時に膨大な量の感情の火薬が、私のなかで炸裂する。

「～～～～～～～～ッツ！」

周りが一切見えなくなって。獅童さんに謝罪することもできないまま。

私はその場を駆け出していた。

古賀くん古賀くん古賀くん――――っ！

もうどこに向かっているのかもわからず、ひたすら夜の街を走り続ける。
ここがどこなのかも、あたりになにがあるのかも、まったくわからない。
だって視界は止めどなく溢れる涙で、完全に歪み切っている。
私を支配していた感情は、途轍もない恐怖と絶望感。
キス自体が恐ろしかったんじゃない。

それを受け入れてもいいと思ってしまった自分が、なによりも恐ろしかった。

キスはしなかった。
だけど一瞬でも、してもいいと思った時点で、私は穢れてしまった。
こんな女は、もう古賀くんに愛してもらえない。
違う——そもそも私と古賀くんの関係なんて、最初から始まってすらいない。
それでも謝らなきゃならない。
私の心と体は、全部古賀くんのものだから。
それなのに別の男とキスをしようとしてしまった。抱きしめられてしまった。
ありえない。本当にありえない。そんなこと、絶対にあってはならないんだ。
「ごめんなさい、古賀くん、ごめんなさい、ごめんなさい……ごめんなさい……っ」

ここがどこかもわからないまま、スマホを取り出す。電源を入れる。

スマホには何通かのメッセージが届いていたけど、そんなものを確認するよりも先に、私は古賀くんに電話をかけていた。

「お願い……電話に、出て……許して……」

私と古賀くんは付き合っていない。だから別の男とキスをしようとしたところで、謝るなんて筋違いもいいところだし、向こうも困るに決まっている。

それでも謝らせてほしかった。

私は古賀くんのものなんだって、思わせてほしかった。

なんて自分勝手で傲慢で、妄執的な理屈だろう。

他人からすれば、こんな女は絶対におかしいんだと思う。でも私からすれば、さっきまでの自分のほうが遥かにおかしかった。

次点の恋？　二位止まりの恋？

たとえそれでも、れっきとした恋と言える？

ふざけるな。馬鹿を言うな。

そんなものは『恋』じゃない。

恋に順位なんて存在しない。一位以外はすべて無価値。『好き』の次元が違いすぎる。

私をここまで狂わせることができるのは、世界でただ一人、古賀くんだけだ。

彼以外のすべてのものが、一切見えなくなる狂気性と執着心。

身勝手で偏向的で、独り善がりになってしまう、激しく醜い怪物のような暗い感情。

理性も常識も、ことごとくを塗り潰してしまう圧倒的な黒。

それが本物の『恋』なんだ。

決して代替がきかない、唯一無二のものなんだ。


「……出て……お願い古賀くん……お話がしたいよ……会いたいよ……っ……」

涙を拭いながらスマホを耳に当て続ける。

応答はなく、コール音が虚しく響くだけ。

いま彼は火乃子ちゃんと一緒にいることさえ、頭から抜けていた。

私は私のひどく歪んだ恋情で、ただ繋がってほしいとだけ祈り続ける。

やがて。


『成嶋さん？』

「――――っ!?」

『どこだ？』

「え……あ…………ご、ごめ……」

『いい。もう見つけた』

その待ち侘びた声は、私のスマホから聞こえたはずなのに。

同時に私の後ろからも聞こえていた。

振り返る。涙で滲む視界をクリアにする。

その人も私と同じように、スマホを自分の耳に当てていて。

私にとびっきりの笑顔を……見せて……くれていた。

古賀くんだった。

絶望の闇に覆われていた私の目の前で、古賀くんは笑顔だった。

こんなにも、まぶしくて。

こんなにも、尊くて。

さながら暗い夜空に煌めく一番星のようで。

「はは、やっと繋がった。スマホの電源、落としてただろ？　俺、何度もかけたんだぞ」

「……うぐっ……うぅぅぅぅぅ〜〜〜〜……ッ！」

もう言葉なんて出てこない。

私は弾（はじ）かれたように、古賀くんに駆け寄る。

そのまま思いっきり抱きつこうとしてしまう。

ありえないはずの夢が現実になってくれた喜びと。

意識が飛ぶほどの熾烈（しれつ）で過剰な幸せと。

――殺意すら覚えてしまう激しい憎悪（ぞうお）だった。

最後に現れたその負の感情が、抱きつこうとした私を寸前で押しとどめる。

もう本当にわけがわからない。自分の感情がまるで飲み込めない。

抱きつきたい衝動は怒りに上書きされて、私は彼の胸ぐらを乱暴に摑（つか）み上げていた。

「なんで、古賀くんが、ここにいる……っ!?　火乃子ちゃんは、どうした……っ!?」

第十四話　歪曲

俺が成嶋さんを見つけた場所は、五駅離れた駅前の噴水広場だった。

そいつにいきなり胸ぐらを掴み上げられた途端、エルシドさんもやってきた。

「なるほどね」

「あ、そ、その……私、さっきは、本当に……！」

俺を解放した成嶋さんが慌てて頭を下げたんだけど、エルシドさんは手で制する。

「なあ古賀くん。この状況は、夜瑠さんを迎えにきたって解釈で、いいのかな？」

「ええ、それで合ってます」

俺は本当に最低なことをして、ここにきた。ゲーセンで一緒に遊んでいた朝霧さんに「用事を思い出した」と言って飛び出してきたんだ。

まだ告白の返事もできてないのに、一刻も早く成嶋夜瑠に会いたいって思ってしまった。

誕生日に男と会っている成嶋夜瑠に。

俺が今も恋焦がれている成嶋夜瑠に。

もうそのことしか、考えられなくなっていたんだ。あとは二人のデート先だった『ラ・なんたら』って名前のフランス料理店を検索。『ラ』から始まる該当店は市内に数軒しかなかったんで、電車を使ってしらみ潰しに全部当たるつもりでいた。

エルシドさんが苦笑混じりに、後頭部を搔く。

「こっちはもう、店も予約してるんだけどなあ」

「あ、あの、このお詫びは、必ず……」

言いかけた成嶋さんに、エルシドさんはまたすぐに言葉をかぶせた。

「ああ、ごめんごめん。ここで恨み言を口にすると、僕が悪者になっちゃうね」

笑っているけど、相当に悔しかったんだと思う。

さっきから成嶋さんは、俺の服の裾をぎゅっと摑んだまま離そうとしなかったから。俺の傍から決して動こうとはしなかったから。

「俺がいきなり二人のデートに割り込んでしまったことは、その、本当に……」

「いいんじゃない？　目先のことしか見えなくなるのが恋だもんね。そもそも先に横取りしようとしたのは僕なんだし。恋愛なんて、いつだって取られるほうが負けって言ったろ？」

「そうでしたね」

だったら俺は、やっぱり謝らない。ここで謝るわけにはいかない。

「へぇ……前に会ったときよりも、曖昧な態度が抜けたね。少し大人になったみたいだよ」

　その言葉は素直に喜べるものじゃなかったけど、ガキの俺にも大人になるってことの意味が少しだけわかったんだ。

　決断すること。それに責任をもつこと。

　今の俺にちゃんと実行できるとは、まだ言い難いけど。

　でもそれができるようになったとき、俺たちはきっと大人になるんだと思う。

「じゃあ僕はこれで。誕生日おめでとう、夜瑠さん」

「あ、あの……っ！」

「なにも言わなくていいよ。気が向いたら、また連絡してね。僕はいつでも待ってるから」

　大人のエルシドさんは一度も振り返らずに、そのまま立ち去っていった。

　エルシドの背中が見えなくなってから、成嶋さんはそっと俺の服から手を離した。

「……火乃子ちゃんとのデートは……もう終わったの……？」

「成嶋さんのことが気になって、切り上げてきた」

「は、はあ⁉」

「そんなわけでさ。今から俺の部屋に来ないか？　二人で成嶋さんの誕生日会をやろうぜ」

　成嶋さんは、怒りと、驚きと、少しの喜びが混じったような、複雑な顔だった。

「い、いや、言ってる意味、わかってる⁉　デートしてた女の子を置いて帰ってきて、別の女を部屋にあげるって……古賀くんそれ、どういう意味かわかってないよね⁉」

「わかってるよ」

言い淀むことなく、はっきりと告げる。

「わかったうえで、今日は成嶋さんと一緒にいたいって言ってるんだ」

「な…………っ⁉」

成嶋さんは一瞬で赤面した。

「だ、だめだよ……それはだめ……それに私、さ、さっき古賀くん以外の人と、き、キスを」

「エルシドさんとキスしたのか？」

「……ッ！（ぶんぶんぶん！）」

そいつは無言で何度も、首を横に大きく振り続ける。

誕生日なんだし、そのくらいあるかもって思ってた。でもどうやらキスはしてないらしい。

だったらなんの話なのか、俺にはいまいち見えてこないけど。

その必死な姿は、やっぱりどうしようもなく愛おしかった。

「まだ本人には言えてないんだけどさ。俺、朝霧さんの告白はちゃんと断るつもりだから。だから成嶋さん、俺と――」

「やめてよッッ！」

もちろん成嶋さんは大声で遮ってくる。

前とまったく同じ構図。こうなることは——当然わかっていた。

「それは一番だめって言ってんじゃん！　そんなの火乃子ちゃんと親友のままじゃいられなくなる……っ！　私はそんなのいやだ……ッ！」

グループのなかで誰かを好きになること。それは友達と距離ができてしまうこと。

それを恐れすぎた結果、俺たちはこんなところまできてしまった。

「だからもう古賀くんのことは諦めて、身を引こうとしてるのに……っ！　でも結局はそれもうまくいかなくて、エルシドさんからも逃げちゃって……もう自分でもどうしたらいいのか、わけがわからないのに……！　なんでまだそんなひどいこと言って、私をいじめるの⁉　もうこれ以上、私の心を、ぐちゃぐちゃにしないでよぉ……っ！」

だけど俺はもう成嶋夜瑠を手放せない。

こんなにも純粋で泣き虫で、狂気的で、でも理性的で。

歪んでいるけど、まっすぐで。

強い慕情も固い友情も大事にする、こんな矛盾だらけの素敵な女の子を、どうしたら手放せるっていうんだ。

「どれだけ諦めようとしても、心も体も全然ついてきてくれないのッ！　古賀くんじゃないと絶対にだめって、私の全部が言ってるのッ！　それでも古賀くんの彼女にはなれないなんて、好きって言ってもらえないなんて……ッ！　こんな苦しい恋、もうやだよぉ……ッ！」

だから俺は、最低最悪な決断をする。

それはもっとも選びたくなかった道だけど、それでも俺は決断する。

成嶋さんの両肩を掴んで、それ以上の絶叫で返した。


「だったら『黙ってたらいい』んだよッッ！」


「————っ⁉」

成嶋さんの両目が圧倒的な驚きで見開かれた。

俺は言葉を止めない。あまりにも痛みを伴うその決断に、涙を流しながら訴え続ける。

「朝霧さんにも、青嵐にも、新太郎にも、みんなには内緒で……っ！」

「…………あ……あう……だ、だめ……」

「誰にもバレないように……っ！　秘密で、こっそりと……ッ！」

「……そ、それ以上は……言っちゃだめ……ほんとに、やめ……て……」

「内緒で付き合ってしまえばいいんだよ俺たちはッ！」

成嶋さんの瞳から、大粒の涙がぽろりと落ちた。

俺だって涙がどんどん流れていく。成嶋さんの両肩を掴んでいるもんだから、拭うこともできない。嗚咽を堪えながら、今度こそ、はっきりと口にする。

「俺はもう、おかしくなるくらい、成嶋さんが――たまらなく好きだから……っ！」

「えぐっ……！　ぐ……うう………あうううううう〜〜〜っ！」

成嶋さんが俺の胸に飛び込んできた。

「ひどすぎる……っ！　古賀くんがずっと言ってくれなかった言葉……！　私はそれ、ずっと聞きたかったのに……っ！　ずっとずっと待ってたのに、今さら言っちゃうなんて……ッ！」

「ごめんな、成嶋さん。本当にごめんな。でも俺と、付き合ってくれないかな……」

「それを言われてしまったら、断れるものか……ッ！　諦められるものか……ッ！　離れられるものか……ッ！　もう二度と手放せるものかぁッ！」

それは友達がなによりも大切な俺にとって、耐えきれないほどの重い罪。

親友たちに対する最低で最悪で、反吐（へど）が出るほどの裏切り行為。

「本当に大っ嫌い……ッ！　もう死ね！　お前なんか死んじゃえばか……っ！」

「相変わらず怖いな……成嶋さんは……」

「一番怖いこと言ってんのは……誰だ……っ……!?」

「俺だな……」

「雑魚雑魚雑魚（ざこざこざこ）！　もう殺す殺す！　愛してる古賀くん！　死ぬほど愛してる――ッッ！」

俺たちは泣きながら、身が砕けそうなほど、強く強く抱きしめ合っていた。

やがて抱き合ったまま、成嶋さんが、ぽつりと漏らす。

「…………火乃子ちゃんには、言わないで……お願いだから……絶対……」

もちろん俺は、成嶋さんと付き合うなら、朝霧さんにもちゃんと断りを入れたい。

でもそれは二人の友情を壊す行為。だから俺一人の判断では決して言えない。

――違う。そこだけを理由にするな。

成嶋さんは本来、親友のために身を引こうとしていた。それを恐ろしく未熟な独占欲で、強引に繋ぎ止めてしまったのは俺だった。そしてあろうことか、俺は未だにこう思っている。

死ぬまで五人組でいたい。誰一人失いたくはない。

そんな醜悪な下心をもったまま、恋にも手を伸ばしてしまった薄汚い自分を、決して忘れるな。その総毛立つほどの自分勝手な欲望からは、決して目を背けるな。

俺は俺のひどく歪んだ友情で、大切な親友たちを欺き続けるんだ。黙っていることが五人の関係を維持するために必要なら、俺はいくらでもそうする。限界まで隠し通してみせる。

そしていつの日か、みんなに公言できるときがきたら。あるいはバレてしまったら。

俺はみんなの前から――――離れない。自分から離れるなんて、あるはずがない。

いくら罵られようと、貶されようと、俺は五人でいることを決して諦めない。

色恋が絡めば、男女の親友グループは崩壊する？　みんなの関係は確実に壊れる？

黙れ。

そんな定説は、俺が覆す。

歪んだ執念と、究極の身勝手をもって。

それが俺の決断で、俺が負うべき責任だった。

「……………古賀くん」

俺の腕の中にいた成嶋さんが、そっと身を離した。

それは涙でぐしゃぐしゃに濡れた顔だったけれど。

暗い夜でも青く輝く瑠璃のような、強く透き通った笑顔で。

「私は古賀くんを……古賀くんだけを想い続ける……成嶋夜瑠です」

——人はなにかを得るためには、なにかを失わなきゃならない。

「だから、お願いします……秘密で……内緒で……私を彼女に……してください」

——だけど俺たちは、あまりにも傲慢なことに。

「あなたに出会えた私は……世界で一番の……幸せ者です」

——恋も友達も、どちらも決して手放さない。

「あはは……ごめん……古賀くんの服に、鼻水つけちゃった……」

「おおおおい⁉」

——たとえ間違っていると、不純だと罵られても、それでいい。

◇

俺の部屋で出前の安いピザと、コンビニの安いケーキを食ったあと。

俺たち二人は、どっちもただ静かな時間を、ただ好きなように過ごしていた。

成嶋さんは自分の部屋から持ってきた愛用のエレキギターをぴろぴろ弾いていて、俺は適当にスマホをいじっている。

ちょうど俺のスマホにメッセージが届く。

朝霧火乃子【用事は無事に済んだかね？】

朝霧火乃子【今日のお詫びに、明日もゲーセンに付き合え】

告白を保留にしたまま、真っ先に裏切ってしまった俺の異性の親友からだった。

「ちゃんと返してあげてね。いつもの感じで。変に思われないように」

文面は見られてないはずなのに、成嶋さんはギターを弾いたままそう言ってきた。

もちろんだ、と頷いて、返信の文面を作る。

古賀純也【今日は本当にごめん。明日でよければ、また音ゲーでもしに行こうぜ】

歪な関係が進む。

それでも俺たちはもう止まれない。

「人はなにかを失わないと、なにも手に入れられない……これ火乃子ちゃんが言ってた言葉なんだけどね」

成嶋さんがぽつりと漏らした。

「そのあと、こうも言ってたんだ。もしなにも失わなかったら、それこそ本当に綺麗な純愛だよねって。でも恋も友達も両方取ろうとするこの秘密の関係は、純愛なんて呼べないよね」

「そうだな。おたがい友達を大事にしたかっただけなのに……もう歪みまくってる」

これはどこからどう見たって、綺麗な恋愛じゃない。

未熟で、薄暗くて、湿っぽくて、汚い。

恋はいつだって取り返しがつかない。薄気味悪い感情だと思っているのは今も同じだ。

成嶋さんの奏でるギターの旋律が、音量を絞ったアンプから流れている。取り返しのつかなくなったこの世界の片隅で、その音色はあまりにも優しくて、温かい。

「私ね……エルシドさんに抱きしめられたとき……もう古賀くんに愛してもらえないんだって思って……す、捨てられるって考えたら……本当に、怖かった……も、もう本当に……」

ギターの手が止まった成嶋さんの隣に移動して、その震える小さな肩に腕を回す。

「大丈夫だよ。俺はもう、誰にも成嶋さんを渡さないから」

「うん……絶対に離さないでね。たとえ世界がなくなっても、ずっと一緒にいようね」

「急にポエム入ったな」

「重すぎた？」

「全然」

成嶋さんは俯いて、そっと目元を拭った。

「火乃子ちゃんも……あんな気持ちに、なるのかな……だとしたら……私…………」

「朝霧さんの告白は向こうの約束どおり、二年に進級するときにちゃんと断る。俺たちのことを言うかどうかは、それまでにもう一度考えてみないか？」

「そうだね……言うなら早めのほうがいいとは思うけど……やっぱり怖い。私、火乃子ちゃんには、一生言えないかもしれない……」

「まだ答えは出さなくてもいいよ。黙って付き合おうって言ったのは俺なんだし、隠せる間は隠しておこう。これは二人の問題だからな」

涙をぽろりと落とした成嶋さんは、子どもみたいに鼻をすすった。

「古賀くん。一緒に考えてくれる？　どうすればみんなと友達のままでいられるか」

「当たり前だろ。俺たちはもう恋人で――共犯者だ。二人で考えような」

「うん……なんか……あは、本当に古賀くんでよかった……私たち、案外お似合いかも」

「最初はおたがい、絶対に反りが合わないと思ってたんだけどな」

「んふ。そうだったね」

俺に肩を抱かれたまま、成嶋さんはぐしぐしと目元をこすって、ゆっくりこっちを見た。

「…………ところでさ。今日は私の誕生日だよね」

「ああ、そういやまだプレゼントも用意できてないわ。すまん」

「いやその催促じゃなくて……うーん……でもある意味、これってそうなのかな……？」

「ん？」

「私、今日は帰らないから」

「ああ。じゃあ布団(ふとん)持ってこいよ。ドンジャラでもやる？」

するとそいつは、俺を思いっきり突き飛ばした。

「ほーらね！　絶対そうだと思った！　そういうとこ相変わらず、ざ古賀だし！」

「なにが？」

「さっき私、言ったよね⁉　デートしてた女の子を置いて帰ってきて、別の女を部屋にあげるって、どういう意味かわかってるかって⁉　そのとき古賀くん『わかってる』って言ってくれたのに、やっぱなんもわかってないじゃん！　あれ、むっちゃかっこいいって思ったのに！」

「んん？」

「今日は私の誕生日で、もう深夜だぞ⁉　しかも恋人になった日だぞ⁉　そこでドンジャラの発想になるとか、むしろすごいな⁉」

突き飛ばされた姿勢のまま、首を傾げていた俺は。

やや遅れて成嶋さんの意図を読み解く。

「あ、いや……ごめん。俺、そこまでは考えてなかった」

怒った顔の成嶋さんが、四つん這いでにじり寄ってきた。

「だめ。もう絶対今日って決めてるから。今日は古賀くんが嫌がっても無理やりする」

「無理やりって……いや、ちょっと待って……」

「待たない。こっちはどれだけ我慢してきたと思ってるんだ。もう古賀くんがいくらやめてって言っても、朝までやめてあげないから。じつはさっき、コンビニでアレも買った」

そういえばケーキを買いに行ったとき、成嶋さんは俺のあとでなにかをレジに通していた。

え、そのときに買ってたってこと？　その、そういうやつを？

「そんなわけで、誕生日プレゼントは今くれ。私、古賀くんが欲しい」

「ま、待って待って成嶋さん。なんかマジで……怖いんだけど……」

「ほんっと雑魚(ざこ)」

成嶋さんはため息混じりでそうつぶやいたあと、

「もう今日限りで、童貞大王様を引退していただきます」

とびっきりの笑顔で、そのまま俺を押し倒してきた。

その日、成嶋夜瑠は本当に帰らなかった。


なにも失わずに、なにかを手に入れることなんてできない。それができたら純愛になる。

じゃあ純愛なんて、世の中には存在しないのかもしれない。

だけど、それでも――。

「愛してるよ、古賀くん」

「…………おう」

「いや『おう』じゃないし！　そこは『俺も愛してる』って言うとこだろ⁉」

「だ、だって恥ずかしいだろ……その…………裸だし」

「もー、なにもわかってない！　裸で言うもんなんだよ！　そういうセリフは！」

「え、えっと…………愛してるよ、成嶋さん」

「あは……私、ほんとに世界で一番の幸せ者だ……ぐす……」

「それは大袈裟だと思うけど」

「ううん。こんな恋に出会えた私はね、きっと世界中の誰よりも幸せなんだよ」

これは決して綺麗な純愛じゃないけれど。

――それでも俺たちのこの気持ちだけは、決して嘘じゃなかった。

残酷なことに、この恋愛は大切なものを裏切ることでしか成立しない。

俺は友達が本当に大切で、成嶋さんのことも本当に大切だからこそ、この道を選んだ。

黙っていれば穏便に済むことなんて、世の中にはたくさんある。

だからこそ、これは秘密なんだ。

紛うことなく大切だからこそ、絶対に言えない。

いいい、成嶋さんにだけは、絶対に。

こんな秘密だらけのまま、五人の友情を死ぬまで残したいなんて、俺は相当に歪んでいる。

「成嶋さん。俺、本当に、成嶋さんが好きだから。成嶋さんが最初で最後の彼女だから」

「うん。私も古賀くんが最初で最後の彼氏だよ。絶対に」

いくら口に出しても秘密の恋人関係はとても儚く、眠ると消えてしまいそうで少し怖い。

「もっと抱きしめて。もっとキスして。古賀くんの汗も唾液も、全部私にちょうだい」

成嶋さんも怖がっていたのかもしれない。

◇

朝霧火乃子の登校時間は早い。

親友五人組のなかでは最初に教室に到着して、残りのメンツがくるのを待つ。

自分のあとにやってくるのは、いつもほぼ決まって、同性の成嶋夜瑠。

五人のなかで一番遅いのが、古賀純也だ。

その二人は同じアパートに住んでいるのに、一緒に登校したりはしないらしい。

「つーか昨日、成嶋が連れて行ってもらった店って、どんな店なんだろうな」

「すっごく高いお店なんでしょ。どうせ僕らじゃ絶対に行けないような」

「相手は人気バンドの人だもんね～。あ、てかこれ、じつは結構スキャンダル？」

今日は珍しく、成嶋夜瑠の登校が遅れていた。それよりも先に宮渕青嵐と田中新太郎の二人が教室に入っていた。

火乃子はその二人の親友と何気ない話をしながら、夜瑠と純也の到着を待つ。

「はあ……GKDを白紙に戻したときは一瞬、僕もって考えそうになったんだけどなあ」

　GKD、というのは火乃子にとって聞き慣れない単語だったけど、青嵐が教えてくれた。

「……ふーん。グループ内では彼女を作らない同盟の略、ねえ。なんそれ？　そんなのこっそり誓ってたとか、ほんっと男子ってアホだね……しかもローマ字略って」

「いいじゃねーか別に。つかそれよりも新太郎、今の発言は聞き捨てならねーなあ？　やっぱお前、成嶋のことまだ諦めてなかったんだな？」

「え、田中くんって、そーゆーことなん⁉　例の小西先輩じゃねーん⁉」

　田中新太郎は言葉にはしなかったものの、静かにこくりと首肯した。

「それはきつい戦いだなあ。だって夜瑠にはエルシドさんが……」

「だ、だからあくまで一瞬考えただけで、僕は別に今の友達のままでいいの！」

「つーか、いつから？　あたし全然気づかんかったわ」

　じつは薄々気づいていたのだが、話を円滑にするためにも、火乃子はとぼける選択をした。

　新太郎は案外わかりやすいと思う。

「まあ前からだったんだけどさ……ただ文化祭のときに、やっぱり素敵な子だなって、改めて思い直す事件があって」

「事件？」

「ほら、成嶋さんって内向的な子でしょ？　でも文化祭では、僕が今まで見たこともない一面が見えちゃって……なんていうのかな。ちょっと小悪魔的な魅力があったっていうか……」

「小悪魔的？　夜瑠が？」

親友の火乃子はよく知っている。成嶋夜瑠は確かに内向的で引っ込み思案だが、決して陰気なわけではない。ちゃんと明るい一面だってもっている。

それに、おそらく男子たちは知らないだろうけど、夜瑠はああ見えて恋愛にも貪欲だ。

火乃子自身、夏の前にはっきり言われたことがある。

――もし好きな人がかぶっても、私は女子との関係より迷わず男の子を取るタイプだから。

こと恋愛に関しては、ひどく攻撃的な一面を見せる怖い女。

それを悟ったとき、火乃子は不思議と確信した。この子となら、きっと初めての同性の親友になれると。恋愛には無関心だった火乃子にとって、成嶋夜瑠は考え方も性格も、なにもかも違う女子だったはずなのに、なぜか妙にウマがあったのだ。

そんな大親友のことは、誰よりもよく知っている自負がある。

だからこそ新太郎が言う「小悪魔的」という比喩は、少し的外れな気がした。

すると顎に手を当てていた青嵐が、思い出すようにつぶやいた。

「……それってもしかして、純也の話をしてるときじゃね？」

「え？　古賀くんの話を……してるとき？」

「ああ。じつは俺も一回だけ見たことあんだよ。その『小悪魔ナルシマ』を。いつだったか、二人で純也の話をしてるときだったわ。そんときあいつ、なんか艶っぽい笑い方とかして」

「そ、それそれ！　『んふふ』って笑うんだよね!?　その『小悪魔ナルシマ』は！　確かに僕も純也の話をしてるときだった気が……って、んん？　なんでだろ……？」

古賀くんの話をしてるときだけ、夜瑠はいつもと違う一面を見せる？

火乃子は言いようもない不安に駆られた。

じつは四人だけでファミレスに集まったときも、その不安をわずかに感じた。

自分が古賀純也に好意をもっていることを、三人に打ち明けたときだ。


――あ、あのね……えと……そ、その……じつは、私も……。

――ああ、あたしこの添え物の太いポテト苦手なんだ。ね、夜瑠。食べて食べて。


実際のところ、ポテトは苦手でもなんでもない。

ただ火乃子はそのとき、嫌な予感がした。妙な気配を察した。

だから無理やり話を変えた。

成嶋夜瑠に続きを言わせなかった。

これに関しては別に疑っているわけでもなければ、普段から考えてもないけれど。

それでもあの場で夜瑠に、「自分も古賀純也が好きだ」と言われてしまうことを恐れた。

初めてできた同性の親友と好きな人がかぶるなんて馬鹿げた可能性を、わずかにでも恐れてしまったのだ。

夜瑠の好きなタイプは大人の男。だったら純也は間違いなく対象外のはずだが――――。

「…………」

そこで初めて推測する。今まであえて考えないようにしてきたことを初めて考える。

それは自分が古賀純也に告白したときの懸念点。

――古賀くんは今、好きな人っていいんの？

――…………いるよ。

……まさか、ね。

ふ、と小さく笑みをこぼした。

仮にその『まさか』だったとしても、まあ問題はない。

自分には即座に最善の一手を思いつく冷静さと、大人のずるさがあるからだ。

「とりま、田中くんって夜瑠のこと好きなんよね？」

そして田中新太郎は嘆息混じりにこぼす。

「成嶋さんには内緒にしといてよ？　もぉ……」

この反応は予想どおり。計算済み。そして火乃子の次のセリフはもう決まっている。

「わかってるってば～。あたしは応援してあげるって言ってんの。どうせなら、みんなで」

「え、みんなって……？」

「いや、決まってるっしょ」

恋に悩むその親友に、満面の笑みで告げた。

「あたしと、青嵐くんと――古賀くんで」

「え、ええっ⁉　だって成嶋さんには、もう彼氏が……」

「エルシドさんのことなら、付き合ってるわけじゃないって言ってたじゃん？　そもそもあたし、ＮＴＲ上等だし。だってそんなん、取られるほうが悪いっしょ」

「いやいや……朝霧って案外すげーんだな……お前イケメンだわ……」

「義理立てして身を引くぐらいなら、最初から恋なんてしないほうがいいんだよ。つーわけで今日、古賀くんが来たら、さっそく田中くんと夜瑠をくっつける作戦会議を決行すんぞ！」

「ええ……そんなの本当にやるの？　僕は別に友達のままでいいって言ってるのに」

「いいからいいから。議長はもちろんこのあたし。で、作戦参謀は……ま、やっぱ古賀くんかな？　古賀くんにはいろいろ作戦を考えてもらおうぜっ！」

杞憂で終わるなら、それでいい。純粋に田中新太郎の恋を応援するだけだから。

しかし成嶋夜瑠と古賀純也が、もしも両想いだったなら。

たとえ相手が生涯の大親友だろうと、この最高の五人の関係を壊すことになろうとも。

一切の躊躇なく、あらゆる手段をもって切り離す。

……なんか夜瑠とすっごい気があってた理由、ちょっとわかったかも。

……もし好きな人がかぶっても、女子との関係より迷わず男の子を取るタイプってさ。

……それ、あたしもまったく同じっぽいわ。

この時点で火乃子が気づいてなかったことは、二つある。

一点目。純也と夜瑠は両想いどころか、すでに内緒で付き合い始めていたこと。しかもその二人の間には、すでに「既成事実」までできあがっていたことなど、当然知る由はない。

そして二点目。

「…………俺、トイレ行ってくるわ」

教室を出ていった青嵐の胸中には、とても複雑な思いが渦巻いていたことだ。

その直後、新太郎からそれを切り出してきたのは、少し意外だった。

「あのさ……僕のこと、応援してくれるって話……あれ、本気にして、いいの……？」

「え、もちだけど？」

新太郎はついさっきまで、成嶋夜瑠とは今の友達関係のままでいいと言っていた。

でも本心はこちら。青嵐が席を外している今だからこそ口にできた、薄汚れた願望。

親友五人組は、あくまで奇数。「二二」では決して割り切れない。

グループ内でカップルが二組もできてしまったら、必ず一人は取り残される。

新太郎はそれをわかったうえで、言っている。

だから青嵐不在のこのタイミングで切り出してくるのは、とてもずるい。

「……僕って最低だよね。青嵐の前では、あんな調子いいこと言ってたくせに……」

「田中くんはちょっと大人になっただけだよ。大人になるってことはね、ずるくなるってことなんだと思うよ、あたしは」

寂しいな。

ほんと、寂しいな。

やっぱり大人になんて、なりたくないな。

でもずるくならないと、大人にならないと、望んだ恋なんて手に入らない。

友達に遠慮してただ待っているだけでは、なにも摑(つか)めない。

だから火乃子は行動する。

たとえ大事な友達を失うことになろうとも、自分は恋に手を伸ばす。

どうせ今の友達関係なんて、一生続くわけがないのだから。

そんなことはないと本気で否定してくれる人間は、火乃子の知る限り、一人しかいない。

友情モンスター、古賀純也――。

ひょっとしたら。彼ならあるいは。

たとえどんな色恋問題でこの五人組が揺れようと、五人の友情だけは絶対に残してくれるんじゃないか、なんて考えてしまう自分が卑しくて笑えた。

その彼をみんなから取り上げようとしているのは、誰であろう自分自身なのに。

古賀純也は友達最優先の少年。なによりもこの五人組を大切にしている男の子。だからこそ火乃子は、やっぱり独り占めしたかった。卑怯な真似をしてでも、誰にも渡したくなかった。

矛盾しているけど。

屈折しているけど。

朝霧火乃子はまっすぐに恋をしていた。

◇

俺と成嶋さんが一緒に学校に向かうのは初めて。

そもそもこうやって手を繋いで歩くこと自体、初めてのことだった。

指を絡めた恋人繋ぎ。

どちらも、ぎゅっと強く力を込めている。

「これ遅刻ギリギリだね。ちょっと急がないとやばい？」

「だからあんな凝った朝飯を作る必要はないって………ふわぁ～……」

「あは。もしかして古賀くん、眠い？」

「そりゃ………まあ、な……」

「……んふふ」

成嶋さんは相変わらず怖い笑顔だったけど、頰は熟したりんごみたいに真っ赤だった。

このあたりは人通りが少ないから、まだこっそり手を繋いでいても問題はない。

「あの宝物のシール、本当に捨てちゃったから、また撮りに行きたいな。二人でこっそりと」

「じゃあ今日の放課後にでも行くか」

「いや古賀くん、今日の放課後は火乃子ちゃんと約束があるんでしょ？　昨日ゲームセンターで火乃子ちゃんを置いてきちゃったお詫びとかなんとか、言ってなかった？」

「ああ、そうだったな……ごめん」

「いいよ。私、夜ご飯作って待ってるから。楽しんできて」

その話を出されると、俺は嫌でも思い出す。

成嶋さんにも言えない、あの『秘密の出来事』を。

◇

昨日の夕方、俺が成嶋さんに告白をしに行く前のこと。

ゲーセンで朝霧さんに「用事を思い出した」と切り出した直後の話だ。

「んー……このタイミングでそれ言われると、もはや女の影しか見えないんですけど？」

「そう、だよな……それは素直に認める……って、お、おい⁉」

俺は朝霧さんに手を引かれて、プリントシール機の中に連れ込まれた。

奇しくもそこは、かつて成嶋夜瑠とこっそり秘密のシールを撮った場所。

そんな思い出の密室で、朝霧さんのしなやかな両腕が、俺の首元に巻き付いてくる。

「ね。今あたしを置いて行っちゃうならさ。ここでキスして」

「は、はあ？」

「そしたら今日は見逃してあげる」

「な、なに言ってんだよ。そんなのだめに決まって――――んんっ⁉」

その狭い密室の中で、俺は唇に。

朝霧さんの唇を押し付けられてしまった。

そっと身を離して、自分の唇を人差し指で柔らかく撫でる朝霧火乃子。

「いきなりごめんね？　怒った？」

「怒ってない。怒ってないけど、でも、こんな」

「あは、優しい。あたし、絶交されるの覚悟でキスしたのに、許してくれるんだ」

「絶交なんて……」

ありえない。

朝霧さんはかけがえのない親友なんだから。

本当に俺は、どうしようもなく弱い。

友達から『絶交』なんて単語を出されただけで、あまりにも怖くて震えてしまうんだから。

「でも本当に……こういうのは、だめだって……前にも言ったけど、俺には好きな人が」

「うん、聞いたよ。でもさ、そんなの」

朝霧さんは口元で人差し指を一本立てた。

「黙ってたらよくない？」

「――――は？」

　さすがに戦慄した。

「古賀くんって、隠し事が上手だよね。あたし、古賀くんに好きな人がいるってこと、ずっと見抜けなかったもん。それ聞いたとき『いつの間にそんな人が～』って驚いちゃったよ」

「そ、それは……」

「だからこのキスのこともさ、黙ってたらいいじゃん。みんなにも内緒にしとこ？　あたしと古賀くんの、二人だけの秘密ってことで」

「待ってくれ。ちょっと待ってくれよ。なんで、そんな」

「ん？　じゃあみんなには言っちゃう？　あたしたちが、キスしちゃったこと。でもそれだとみんな、今まで以上に気を遣って距離を取ろうとするかもだけど」

「…………」

「ね？　古賀くんだって内緒のほうがいいっしょ？　今の五人の温度感を残したいなら」

　俺の弱点を的確に撃ち抜いてくる目だった。

「……ずるいぞ、朝霧さん」

「うん。ずるいね。あたし、本当にずるい」

　朝霧さんは少しだけ寂しそうな顔をした。

「だからせめてこれは、正直に言うけどさ。あたし、古賀くんに振り向いてもらいたくて言ってる。秘密の共有が二人の距離を近づけるって心理、わかったうえで言ってる」

どきり、と心臓が強く鳴った。

もちろん思い当たる節があったからだ。

「だからあたし、二人でもっと秘密を作りたい。そしたら古賀くんは、いつかきっとあたしのことを好きになってくれる。ちょっと恥ずかしいけど、じつは勉強もしてるんだ」

朝霧さんが俺の手を、スカートに隠された内腿に誘導した。

滑らかで柔らかく、指が呑み込まれそうなのに引き締まった芯がある、女の内腿。

触れた瞬間、強引に振り払った。

「や、やめろって！　さっきから変だぞ朝霧さん!?」

「だってむかつくじゃん。今から別の女のとこに行くなんてさ。でも行っていいよ。あたしは古賀くんにとって、好きなときに好きにできる、都合のいい『秘密の女』になってあげる」

「都合のいいって……な、なに言ってんだよ！　そんなのできるわけないだろ!?」

「まだ好きでもない女とキスしちゃったくせに、今さら気にすることかね？」

朝霧さんはもう一度、自分の唇を指先でなぞった。

こんなにも妖しい仕草、俺の相棒に全然似合ってない。

「……朝霧さんは大事な親友なんだよ。だから俺、やっぱり朝霧さんとは付き合えな――」

彼女自身の唇で封をされた。

親友と二度目のキス。

しかも舌まで入れてくる濃厚なもの。

わずかに身を離したその親友と俺の口元は、細い唾液の橋で繋がっていた。

「それはまだ聞かないって言ったよね。二年になるまでは、好きでいさせてくれるって約束」

頭がぼうっとしていた。

秘密のキスは蕩けるほど濃くて甘く、あまりにも苦かったから。

「ほかに好きな人がいてもいいんだよ？　そのうちあたしが全部忘れさせてあげる。この恋で古賀くんの恋を、全部塗り潰してあげる。今はあたしのことを、なんでもできる女の親友として見てくれたらそれでいい。あたしは古賀くんに絶対の友情があって、古賀くんに絶対の恋をしている女。これから二人きりのときは、純也くんって呼ぶね。今日のことは二人だけの秘密だよ、純也くん」

友情？　恋？　友情？　恋？　友情？　恋？　友情、恋、友情恋友情恋友情恋——……？

きっと別物であるはずの二つの単語が、あたまのなかをぐるぐるまわって、うるさかった。

「……俺、朝霧さんのことは、本当に親友だと思ってるから」

「あたしも純也くんのことは、本当に親友だと思ってるよ？」

親友であるはずの朝霧火乃子と、秘密のキスをしてしまった日の夜。

俺は成嶋夜瑠と秘密の恋人になって、たくさんキスをした。

もちろんそこにある気持ちは絶対に違ったけれど。

恐ろしいことに。

親友と恋人、秘密のキスの味は同じだった。

登校中の生徒たちが目立つ通学路に差し掛かった。

「そろそろ手、離さないとまずくない？」

「……ああ」

俺は最後にもう一度、成嶋さんの手をぎゅっと握りしめてから、手を離す。

誰かに見られる前に。誰にもバレないように。

「なんか今の、嬉しかったぞ？」

「成嶋さんの手を離したくないって、思ったんだよ」

「んふ。それ嬉しいけどさ。でもね？　私たちのことは」

成嶋夜瑠は蠱惑的な笑みを浮かべて、口元に人差し指を当てた。

「二人だけの秘密」

「…………そうだな」

俺たちは誰にも言えない恋をしている。

成嶋さんが寒そうに両手を擦り合わせた。

「うう～、さむ。もう十二月だね～……鍋のおいしい季節だ」

「じゃあ今度、五人で鍋パーティでもやるか」

俺は未だにそんなことを平然と口にできる。

秘密の泥濘に身を浸しすぎて、おかしくなり始めているのかもしれない。

誰も知らない激動の秋が終わって、これから寒さの厳しい冬がやってくる。

未熟な思春期にいる俺たち五人の男女は、また少し大人になる。

これは歪んだ形で大人になっていく、俺たち子どものまっすぐな物語――――。

あとがき

こんにちは！　ハンマー&ガンランス愛好家のましろんです！

今回の『友誰』（自分略）の二巻の内容はまだ出せるかどうかわからない段階から想定していて、一巻の随所にも伏線をべたべた張ってたんですけどね。実際二巻が確定して、いざ書こうってなったとき、正直めちゃくちゃ悩みました。これ本当に書いても大丈夫かって。

まあキワドイ描写もそうなんですけど、一番は各キャラが語る尖った恋愛観や、その行動についてです。たとえば今回「恋愛なんていつも汚ねえよ！」とか言い切っちゃう人たちもいますからね。その他もろもろ、ラブコメにしては毒が強すぎるかなって心配だったんです。

※ここからは本編のネタバレを数多く含みます！　しかもネタに走っている部分もあるので、本編の雰囲気を大事にしたい方はご注意ください！

「え、それあたしのこと言ってる？」

うん、とくに今回はキミすごいね、火乃子さん。はっきり言って、あなたの言動が一番悩みましたよ。純也への告白シーンの表現なんて、ぎりぎりまで迷ったんですから。あんなに尖りまくった主張をブチかましちゃったら、僕はこの先、ポップなラブコメが書きにくくなるじゃないですか。前作のハイテンションラブコメとの落差、もう半端ないですから。

「や、あたしだけのせいにすんな。ラストの田中くんだって、結構黒いっしょ？」

そうそう、だから心配なんですよ。その話をするから、ひとまずあっち行きましょうね。


と、人払いをしたところで、話を戻します。

そもそも人間って、矛盾する生き物だと思うんです。潔白であろうとするほど黒くなっちゃったり、まっすぐありたいからこそ不器用で歪んじゃったり。そんな一面ってあると思うんですよ。発展途上の思春期ど真ん中にいる純也たち五人組ならなおさらで、みんな純粋ゆえに、どこか黒くてずるくて、ぞっとする一面が出ちゃうんですね。とくに恋愛の前では。

本作はそんな五人の歪んだ青春をドストレートに描く物語なわけで。これ絶対ドン引きする人もいるよね……とか怯えつつも、思い切って包み隠さずやってみました。

いかがだったでしょうか。純也たちはやっぱり醜かったでしょうか。それとも別の印象を受けたでしょうか。いずれにしても、楽しんでいただけたなら本当になによりなのですが……。


さてさて。

なにかと秘密だらけになり始めた五人組ですが、この先さらに歪んでいくことになります。

「うん？　秘密だらけって、私、古賀くんとのことしか秘密ないけど？」

いや夜瑠さん、あなたは作中で唯一青嵐の秘密を知っちゃった人ですよ。それ誰にも言ってないでしょ。つまりあなたも青嵐と二人だけの秘密をもってることになるんですって。

「それがなんだよ～。別に関係ないだろ～？　こっからは私と古賀くんの平和なイチャラブが始まるんじゃないのかよぉ～」

……だといいんだけどね。もちろん僕も平和を願ってますよ。

「なんだよそれ～。あんま不安にさせると、そのパソコンにめっちゃチョップするぞこら」

やめてお願い。さ、向こうに行きましょう。

「なあなあ、俺も一個疑問なんスけど」

おや、脇役のくせに存在感だけはやたらあった軽音部の常盤くんじゃないですか。

じゃあここからは質疑応答といきましょう。で、なんですか常盤くん？

「俺の初登場シーンでさ、『ギターケースを担いでいる』って文章あったけど、俺が持ってたのはベースケースなんスけど。だって俺、ベース弾きよ？」

ああ、あの場面は純也視点でしたね。純也くん、ちょっと来てください。

「なになに？　え、ギターケースとベースケースってなんか違うの？」

じつは大きさが違います。と、このようにあの表現は純也が違いを知らなかったということですね。決して僕が書き間違えたわけではありませんからね？　ね？

「てかそんなことよりもさ。なんで今回のあとがきはメタ入れてるんだよ？」

あとがきのページ数が増えたからです。一巻に引き続き、二巻も割とメンタルにくる場面があったと思うんで、ちょっとくらいデザート欲しいと思いません？　でもあんまりネタに振ると本編の世界観が壊れちゃうから、そろそろ帰ってもらっていいですか。

「じゃあ最後にもう一個だけ言いたいんだけど」

はい、どうぞ純也くん。じつはみんなと結構ドンジャラやっていた純也くん、どうぞ。

「後夜祭のステージで急にバンドの出演順が変わるとか、ひどくない？　俺、成嶋(なるしま)さんのバンドはマジで楽しみだったのに。『背骨バキ折る』って言われたときは、超怖かったんだけど」

あの急な順番変更は、僕の高校の文化祭でも実際にあった事件なんですよ。ひどい話ですよね。純也と夜瑠には本当に申し訳ない。てかお前が先にやりたいって言うからだぞ常盤くん。

「んじゃ話の立役者の俺が、二巻のＭＶＰってことでいいスね？」

絶対に違います。

でも常盤くんは、作中でもっとも清らかな恋愛をしてる人ですね。そういう意味ではＭＶＰかもしれません。自慢の彼女と一緒に仲良く『天ぷら』でも食べていてください。

「了解！　じゃあみんな、ここまで読んでくれてサンキューな！　また会おうぜ！」

いや勝手に終わらせるな！

——というわけで、まだ続きます。

電子版でお読みいただいている方には伝わりませんが、紙書籍ではここでまさかのあとがき五ページ目突入です。これまで「二ページだと思わせていたあとがきが、じつは四ページあったネタ」は過去作でも何度かやったんですけど、今回は六ページいただきました。初です。

「だったら僕も喋っていい？」

「そんじゃ俺も」

カレー嫌いな新太郎と、ピーマン嫌いな青嵐が現れました。脇役の常盤くんをあとがきに出しておいて、メインキャラであるはずのこの二人を出さないのはどうなんだろうっていう僕の心理を巧みに突いた登場です。

でもいい加減みなさん飽きちゃうから、もうネタはこの辺で終わりましょう。

というわけで、全員解散！

最後はネタ抜きで真面目にやります。

純也たちは成長とともに、少しずつ黒い部分が浮き彫りになってきました。五人組はこの先も、思春期の性や友情に翻弄されて、さらに歪んで、もがいていくことになります。

後戻りできない純也、愛情が膨れ上がる夜瑠、手段を選ばない火乃子と、動き出す新太郎、そして恋愛がわからない青嵐。さまざまな秘密と苦悩が、全員の間に漂っています。

弱くてずるくて、だけどそれでもまっすぐな五人の青い友情と、ちょっぴり怖い歪な恋模様を、今後も温かく見守っていただけたらとても嬉しいです……とはいうものの。

ラストはもう決まっているんですが、もし諸事情によりそこまで描けなかったら本当にごめんなさい。続けられるよう応援していただけたら、純也たちも泣いて喜ぶはずです。

担当編集の阿南様、大澤様、そしてイラストのみすみ様。今回もお世話になりました。

二巻の表紙もめちゃくちゃいいですよね。夕方と夜の狭間のマジックアワーに佇む、夜瑠の切なげな表情。みすみさんの絵はいつも破壊力抜群で本当に最高です！

前作からお世話になっていた大澤様とはここでお別れになるのですが、いつも僕のわがままを聞いていただいたことは感謝しきれません。この場を借りて心より御礼申し上げます。

そしてなにより、読者の皆様に最大の感謝です。僕はメンタルが本当に豆腐で、一巻の時点から「こんな屈折したラブコメ（コメ？）、受け入れてもらえるかな……」と不安でたまらなかったのですが、皆様の温かい声援のおかげでこの二巻も当初の想定どおりに書き上げることができました。「面白かった」のたった一言が、本当に本当に栄養でございます。

それでは皆様、最後までお付き合いくださり、ありがとうございました！

またどこかでお会いしましょう！　……できれば三巻で（小声）。

五月八日　ヨルシカ本当に大好き真代屋秀晃

◉真代屋秀晃著作リスト

「韻が織り成す召喚魔法1〜3」（電撃文庫）
「レベル1落第英雄の異世界攻略Ⅰ〜Ⅲ」（同）
「転職アサシンさん、闇ギルドへようこそ！1〜3」（同）
「誰でもなれる！ラノベ主人公 〜オマエそれ大阪でも同じこと言えんの？〜」（同）
「まさか勇者が可愛すぎて倒せないっていうんですか？」（同）
「異世界帰りの俺（チートスキル保持）、ジャンル違いな超常バトルに巻き込まれたけれどワンパンで片付けて無事青春をおくりたい。1〜2」（同）
「ウザ絡みギャルの居候が俺の部屋から出ていかない。①〜②」（同）
「友達の後ろで君とこっそり手を繋ぐ。誰にも言えない恋をする。1〜2」（同）

本書に対するご意見、ご感想をお寄せください。

ファンレターあて先
〒102-8177　東京都千代田区富士見2-13-3
電撃文庫編集部
「真代屋秀晃先生」係
「みすみ先生」係

本書は書き下ろしです。

電撃文庫

友達の後ろで君とこっそり手を繋ぐ。誰にも言えない恋をする。2

真代屋秀晃

2022年6月10日　初版発行

発行者　青柳昌行
発行　株式会社KADOKAWA
〒102-8177　東京都千代田区富士見2-13-3
0570-002-301（ナビダイヤル）
装丁者　荻窪裕司（META＋MANIERA）
印刷　株式会社暁印刷
製本　株式会社暁印刷

●お問い合わせ
https://www.kadokawa.co.jp/（「お問い合わせ」へお進みください）
※内容によっては、お答えできない場合があります。
※サポートは日本国内のみとさせていただきます。
※ Japanese text only

※定価はカバーに表示してあります。

ISBN978-4-04-914459-8　C0193　Printed in Japan

電撃文庫　https://dengekibunko.jp/

電撃文庫創刊に際して

文庫は、我が国にとどまらず、世界の書籍の流れのなかで〝小さな巨人〟としての地位を築いてきた。古今東西の名著を、廉価で手に入りやすい形で提供してきたからこそ、人は文庫を自分の師として、また青春の想い出として、語りついできたのである。

その源を、文化的にはドイツのレクラム文庫に求めるにせよ、規模の上でイギリスのペンギンブックスに求めるにせよ、いま文庫は知識人の層の多様化に従って、ますますその意義を大きくしていると言ってよい。

文庫出版の意味するものは、激動の現代のみならず将来にわたって、大きくなることはあっても、小さくなることはないだろう。

「電撃文庫」は、そのように多様化した対象に応え、歴史に耐えうる作品を収録するのはもちろん、新しい世紀を迎えるにあたって、既成の枠をこえる新鮮で強烈なアイ・オープナーたりたい。

その特異さ故に、この存在は、かつて文庫がはじめて出版世界に登場したときと、同じ戸惑いを読書人に与えるかもしれない。

しかし、〈Changing Times,Changing Publishing〉時代は変わって、出版も変わる。時を重ねるなかで、精神の糧として、心の一隅を占めるものとして、次なる文化の担い手の若者たちに確かな評価を得られると信じて、ここに「電撃文庫」を出版する。

1993年6月10日
角川歴彦